I0823444

# HORIZONTE ARTIFICIAL

MAXI IGLESIAS

# HORIZONTE ARTIFICIAL

Rocaeditorial

Primera edición: mayo de 2025
Segunda reimpresión: julio de 2025

© 2025, Maxi Iglesias
© 2025, Roca Editorial de Libros, S. L. U.
Travessera de Gràcia, 47-49. 08021 Barcelona

Roca Editorial de Libros, S. L. U., es una compañía de Penguin Random House Grupo Editorial que apoya la protección de la propiedad intelectual. La propiedad intelectual estimula la creatividad, defiende la diversidad en el ámbito de las ideas y el conocimiento, promueve la libre expresión y favorece una cultura viva. Gracias por comprar una edición autorizada de este libro y por respetar las leyes de propiedad intelectual al no reproducir ni distribuir ninguna parte de esta obra por ningún medio sin permiso. Al hacerlo está respaldando a los autores y permitiendo que PRHGE continúe publicando libros para todos los lectores. De conformidad con lo dispuesto en el artículo 67.3 del Real Decreto Ley 24/2021, de 2 de noviembre, PRHGE se reserva expresamente los derechos de reproducción y de uso de esta obra y de todos sus elementos mediante medios de lectura mecánica y otros medios adecuados a tal fin. Diríjase a CEDRO (Centro Español de Derechos Reprográficos, http://www.cedro.org) si necesita reproducir algún fragmento de esta obra.
En caso de necesidad, contacte con: seguridadproductos@penguinrandomhouse.com.

*Printed in Spain* – Impreso en España

ISBN: 978-84-10096-26-4
Depósito legal: B-2.784-2025

Compuesto en Mirakel Studio, S. L. U.

Impreso en Rotoprint by Domingo, S. L.
Castellar del Vallès (Barcelona)

RE96264

*A mi madre, por enseñarme*
*que un libro te puede hacer viajar*
*más lejos que ningún avión*

# I

# La jungla

# 1

## La reunión

### Mónica

*11.00*

«"Las empresas grandes no dejan huella porque sepan hacer las cosas bien, sino porque saben cómo reponerse cuando algo no va como debería". He escuchado esta frase muchas veces en mi vida; se ha convertido en una especie de mantra. Papá se ha asegurado de que cale en mi interior, eso y otros conceptos básicos como el deber, la exigencia, la excelencia...

»Recuerdo perfectamente sus palabras, que me repetía una y otra vez: "Sacrificio y lealtad, hija. Perseverancia también. Sabrás de lo que te hablo y me entenderás a su debido tiempo". Todo, según él, gira en torno al deber. Acarreo sobre mi espalda los principios de mi padre, es un lastre invisible, pero del tamaño y el peso de los palés que se apilan unas cuantas plantas más abajo de donde nos encontramos. Allí los que los cargan están fuertes, tienen unos cuerpos poderosos y robustos. Yo debo estar fuerte de cabeza para aguantar la carga. No bajar la guardia ni un momento. Constantemente pendiente. La reunión ha terminado, pero el machaque continuo de mi padre no».

—Mónica…

Su asistente la saca de sus pensamientos.

—Ya vamos tarde. Lo sé, Bea.

La llamada a su padre ha durado más de lo que pensaba, y ya debería haber salido hacia el aeropuerto, pero a sus cuarenta y dos años Mónica no va a tolerar ninguna insolencia, y menos de su asistente. Bastante ha aguantado ya en la reunión.

—Ya he avisado, tranquila —contesta Beatriz, que sabe que una conversación como la que acaba de mantener Mónica no es cualquier cosa—. Ahora de camino hacemos un repaso si te parece y así puedes descansar un rato. Se va a solucionar, ya verás. —Y diciendo esto abandonan la sala de juntas.

—Qué ganas de salir. Se empeñan en poner el aire… Tendré que hablar con mi padre —se queja Mónica en cuanto alcanza el pasillo.

—Pedí lo del aire, pero me dijeron que a tu padre le gusta así. —Como si Beatriz le hubiera leído la mente—. Le mandaré un e-mail para explicarle las ventajas del suelo radiante para la sala de juntas. Seguro que lo entiende. O puedo sugerirle un dispositivo para que la temperatura se pueda controlar desde la propia sala, ¿no? Si te parece bien, claro.

«Bea siempre tiene respuesta para todo. Se nota que aún no conoce a mi padre. Hice bien en contratarla. No para, con la cabeza siempre alta y buena disposición…, igual que yo cuando empecé. Ahora tengo todo lo que necesito, me encanta que al final del día soy dueña de mi tiempo. Que ella se esfuerce no está de más. Encima cobra un pastón. En esta empresa todos cobran un pastón. El día que escuche lo contrario es que alguien se ha equivocado de lugar. Otra vez los tacones nuevos. No son los mejores aliados para un esprint por un pasillo de suelo con brillo y satinado. Voy medio patinando. ¿Quién decidió poner microcemento? Cosas de diseño, me dijeron. Me hace gracia. Y estos zapatos ni siquiera es que sean… En fin. Hace meses que no cambian nada estos del Departamento Heading Design Above All, y ya lo avisé. ¿Para qué sirve el diseño sin funcionalidad? Ahora hay que ponerle nombre *cool* a todo».

—¿Qué?

De nuevo Beatriz interrumpe sus pensamientos. Le estaba diciendo algo, pero no se ha enterado de nada.

—Te preguntaba si llevas todo —insiste la asistente.

Mónica vuelve otra vez en sí.

—¿Has hablado con Jairo? Mi padre no me soltaba…

—Sí, ya le he explicado que estabas a *full*. Me ha dicho que tranquila y que tengas un buen vuelo. Tiene dos reuniones y luego cenará en casa, por si lo quieres llamar al llegar.

—¿Cena en casa?

Últimamente todo el mundo se empeña en recordarle las cosas, ya le gustaría verlos a ellos con el ritmo de vida que ella lleva…

—Eso me ha dicho. ¿Marco e intentas hablar con él? —Beatriz hace un ademán de coger el teléfono.

—Ya te ha dicho que le llame al llegar, ¿no? Pues ya está.

—Sí, pero como…

—Pero nada. —Piensa molesta que ya lo que le faltaba, que su asistente se preocupe más por su matrimonio que ella misma…

—Mónica, espera. —Se para en mitad del corredor, a duras penas sujeta la tablet con el mismo brazo que sostiene el café de su jefa y el teléfono móvil—. No quiero ser pesada y sé que no me pagas para meterme en tus asuntos personales, pero, después de lo que ha pasado hoy, he pensado que sería importante que hablases con él cuanto antes.

—Tienes razón. —Mira al final del pasillo como buscando algo y suelta lo que parece una respuesta cordial—: No te pago para que lidies con mis asuntos personales.

—Lo entiendo perfectamente. Yo solo…

—Ya déjalo, Bea, por Dios. No es un buen momento, ¿vale? Llama a Ramiro, a ver si han cuadrado ya con ventas. —Sabe que no ha dado tiempo ni por asomo, pero así se entretendrá con otra cosa y la dejará un poco en paz.

—Marcando…

Y Mónica ya no escucha nada más para hundirse de nuevo en sus pensamientos.

«Podría recorrer este pasillo con los ojos cerrados. Aunque pongan plantas en los rincones, reconocería los bordes de cada sala. Siempre hay gente que quiere decirme algo, alguien que se cruza o entra en las salas de reuniones o está hablando por teléfono. En el fondo que a Bea esté a punto de caérsele algo de todo lo que lleva encima me viene hasta bien para que nadie trate de cortarme el paso. Hoy no es el día para eso».

—Ramiro dice que está en ello. Que aún es pronto. Y me ha colgado. ¿Le vuelvo al llamar?

Mónica se da cuenta de que Beatriz espera su respuesta, pero por su mirada adivina que está implorándole que responda que no. Su asistente sabe que cuando Ramiro cuelga es porque no es el momento de consultar nada, y llamarle de nuevo sería peor.

—Le jode tanto que seamos nosotras las que viajamos para decidir estas cosas y no ellos… que nos va a tener esperando hasta el momento justo de despegar. Ya llamará…

—Ahora no, por favor —advierte Beatriz a una mujer—. Mándame un mensaje, que vamos justas de tiempo, ¿vale, Silvia?

La asistente emplea un tono cordial. Durante las cinco semanas que lleva en el puesto se ha ganado el respeto de muchos. No solo allí, sino en todas las sedes que han visitado.

Dos chicos trajeados, con un café en la mano, se acercan hacia ellas despacio, casi como si desfilaran por una pasarela para ser vistos a cámara lenta. Sí, llevan traje, pero con cierto toque informal, como es habitual en las instalaciones de la empresa. Al ver a Beatriz han salido a su encuentro sin percatarse de que la jefa la acompaña. Cuando reparan en su presencia, se dan la vuelta y hacen como que hablan entre ellos. La escena resulta torpe, incluso incómoda. Pese a intercambiar alguna mirada con la asistente, el tímido cortejo corporativo queda abocado al fracaso. Ellos, como otros, quieren saber cómo llegó Beatriz a esa posición. Son de Recursos Humanos y no han averiguado nada más porque todo fue una maniobra de la hija del jefe, que es como llaman a Mónica. La contrató desde fuera de la empresa, algo inusual que no fue muy bien recibido por la cantidad de candidatos que aspiraban a semejante puesto y que esperaban que se adjudicara de manera interna. Mónica no es ajena a nada de lo que está sucediendo.

—Es para el cierre —vuelve a insistir Silvia, que no se ha despegado de Beatriz mientras Mónica avanza decidida hacia los ascensores—. Que me están pidiendo autorización por lo de los camiones parados. —Se detiene frente a ella y, con el tono aún más bajo, le explica—: Ya no sé qué decirles y Ramiro me ha llamado cabreado.

Palabra mágica. Ha funcionado. Mencionar a Ramiro no falla. Mónica presta atención a la respuesta de Beatriz.

—Ya. Gracias, Silvia, salimos de aquí y te llamo desde el coche. Lo miro ahora mismo.

No es el momento de hablar con Silvia; por eso, acelera el paso para evitarla. Aprovecha para buscar unos pañuelos en el bolso. Bea está haciendo su trabajo, piensa.

«Realmente hice bien en contratar a Bea. Cada vez que aparece Silvia es para pedir o para señalar a los culpables de lo que según ella no se está haciendo bien en Logística, ella no quiere asumir ninguna responsabilidad. Es una gran trabajadora y leal a la empresa, pero no mide ni filtra su insistencia. Bea la sabe llevar. También sabe torear a los babosos de Recursos Humanos, hambrientos de respuestas que no me da la gana proporcionar y que ella tampoco puede dar. Malditos tacones. Menos mal que llevo en la bolsa las bambas. La bolsa. La habré repasado cincuenta veces. Ya estoy frente al ascensor. Por fin».

Beatriz se ha quedado rezagada, está tratando de sacar el otro teléfono sin que se le caiga la tablet ni se le derrame el café que lleva para su jefa; parece una malabarista experimentada. Mónica se mete en el ascensor y sigue hurgando en el bolso. Beatriz se cuela justo cuando se cierran las puertas. Va a decirle algo a Mónica, pero prefiere callarse. Se mantienen en silencio, que solo rompe la música anodina que llena el habitáculo. Mónica está deseando llegar al hall y poder salir, por fin, de la empresa.

Se abren las puertas del ascensor gris, moderno, al igual que el resto de las instalaciones. En la calle, en la zona del aparcamiento reservada para los ejecutivos, las espera Antonio, el chófer fiel de la familia Rodríguez, junto a una berlina de color negro con las puertas abiertas.

—Siempre preparado, Antonio —dice Mónica a modo de saludo rápido al tiempo que se dirige a su asiento en la parte trasera del coche.

—Ya sabe, señora, si en treinta años trabajando aquí con ustedes aún no sé cuándo he de llegar, mal asunto. —Esboza una sonrisa y se asegura de que Mónica se acomode en el interior del automóvil.

A Mónica le gustan las respuestas certeras y escuetas del chófer, siempre siente tranquilidad cuando le escucha. Es como si se mantuviese ajeno a este mundo caótico que los rodea.

—Al aeropuerto, Antonio, si eres tan amable. —Beatriz, siempre eficiente, le indica el destino al chófer.

Antonio asiente con un movimiento rápido de cabeza. El trayecto no es muy largo. Es un camino que conoce bien. De fondo suena una canción en la radio. Antonio siempre lleva el volumen muy bajo, como para él mismo. Y Mónica la reconoce. Recuerda ese viaje que hizo a Colombia, allá en el año 2000. Las vueltas que da la vida. Iba en un taxi que tenía un montón de rosarios colgando en el retrovisor y sonó esa canción por la radio, que se mezclaba con el ruido de la calle y de las motos que rugían cerca de la ventanilla. Su corazón latió fuerte, no sabría decir por qué. No le gustaba ese género, pero conectó con la letra... Sí, presta atención... La canción habla sobre lo que una piensa que va a ser y lo que acaba siendo.

—Me he leído el informe.

Beatriz la saca de ese viaje de un plumazo. Ahora está en otro trayecto, en otro coche, en otro país. Y ese documento definitivamente la aleja de la brisa callejera que entraba a través de una ventanilla de un taxi colombiano.

—¿Ya han metido lo de esta mañana?

Mónica se da cuenta de que el Departamento de Cuentas iba en serio. Se notan las prisas. Apenas llevan unos minutos en el coche y su asistente le puede hacer un resumen.

—De la página siete a la once. Con todo tipo de detalle. —Cita textualmente una parte del texto y se nota que entiende lo grave del asunto—: «... Adecuándonos al estudio realizado, señalamos lo que a nuestro criterio ha de ser modificado y clarificado de forma inminente...». —Se salta todo aquello que no es de interés hasta localizar lo que sabe que quiere escuchar su jefa—. «Y por eso se reclaman cuentas del ejercicio pasado correspondientes a las siguientes operaciones: ventas en Europa, importación en Europa, solicitudes de apertura no llevadas a cabo en Europa, concesiones a terceros en Europa...».

—¿No dicen nada de México? —pregunta Mónica, entre cautelosa y sutilmente suspicaz.

No lo entiende. Su cabeza no puede evitar hacerse un montón de preguntas. Le extraña tanto.

«¿Se están haciendo los tontos? ¿O lo están dejando para más adelante? En cualquier caso, Europa es más evidente. Ramiro y sus ganas. Maldito Ramiro, joder. El día que mi padre le empezó a dar alas... Tiene un ansia y un machismo que no soporto. Le cuesta entender que sigo siendo la heredera de todo este imperio. Y que soy capaz de manejarlo. Le dan igual mi preparación y los años que he pasado al lado del mejor mentor, que es mi padre. No entiendo cómo mi padre, con tanto sentido del deber, le ha elegido como hombre de confianza. Está claro que también se equivoca. Ya lo creo que se equivoca. No me sirve de nada darle más vueltas. Puto Ramiro».

—De México, en principio no —continúa Beatriz—. Voy a volver a leer, pero no me suena haber visto nada. ¿Algo en concreto?

—No.

Mónica mira fijamente a su asistente. Se pregunta qué piensa de todo lo que está ocurriendo y si tendrá ya alguna teoría a pesar del poco tiempo que lleva con ellos. Maite, su antecesora, ocupó años el puesto y nunca pareció sorprenderse con nada.

—Te preguntaba por buscar de manera más detallada —le señala, apurada por la contestación tajante—. Tengo un asistente virtual que me ayuda en caso de que se me pase algo. No te lo he dicho hasta ahora, porque no lo uso casi nunca, pero, si me das permiso y dada la situación, solo menciona las palabras y me...

—Bea, corta ya, por favor. —A veces la eficacia de esta mujer la supera. Supone que es un tema generacional. O se pasan de ultraprocesar datos o están en la parra. Beatriz es de las primeras y por ahora le conviene. Se centra en la carretera y tiene la sensación de que nada le suena—. Antonio, vas por la del aeropuerto de siempre, ¿no?

—Sí, señora. No hay tráfico y vamos sin problema por aquí. ¿Está bien así? —La observa por el retrovisor, atento a su respuesta.

—Quiero llegar cuanto antes y solucionar todo esto.

Mira por la ventana, pero no ve la torre de control, la señal de que están cerca. Siempre ha aborrecido viajar tanto por trabajo, y ahora se ha convertido en una rutina. No es con lo que había soñado que ocuparía la mayor parte de su tiempo. Se repite una y otra vez que lo hace por el bien de la familia, por la empresa. Lo sabe: primero el trabajo y después su matrimonio. Tiene que llamar a Jairo, pero no es el momento. No tiene ganas. Se le ha quedado la canción de la radio, aunque prefiere no pensar mucho en ella. Es como si quisiese avisarla de algo, pero de una manera bonita y suave. De pronto le viene otra canción que le encantaba en otros tiempos, una que decía algo así como «why you wait so long». Se pregunta qué demonios le pasa que es incapaz de concentrarse, y necesita hacerlo.

«Me he encontrado más veces en situaciones de riesgo que en calma. Sé lo que tengo que hacer. Nadie, absolutamente nadie que conozca, ha tenido que decidir y reaccionar rápido ante un conflicto de la manera que lo hago yo en infinidad de ocasiones. Joder, nadie. Ni de la cúpula, ni siquiera Ramiro ni nadie de mi familia o alguna de las que se hacen llamar mis amigas. He de estar tranquila. Llevo todo lo que tengo que llevar conmigo. Soy una Rodríguez. Para lo bueno y para lo malo. Laura tendría que ver cómo estoy actuando ahora. ¿Es buena esta tranquilidad? Se lo diré en la próxima consulta. Mierda, creo que no le he devuelto la llamada y ya he faltado a una de las sesiones que teníamos programadas».

—Bea, ¿volviste a hablar con mi *coach*? Necesito saber cuándo tenemos la próxima sesión.

—¿Te refieres a Laura Cuesta? —Le fastidia mucho que la llame así—. Cancelé y reprogramé como me dijiste. Tienes cita la semana que viene, después de los encuentros TED. Sabe que acabas con la energía por los suelos tras aguantar a la cantidad de «imitadores potenciales con los que te toca compartir no solo charlas, sino también almuerzo» —repite Beatriz para que su jefa vea que su terapeuta conoce bien en qué consisten esas reuniones—. Te ha hecho hueco sin dudarlo, y eso que me dijo que esta semana estaba con un tema personal…

Mónica sonríe. No aguanta los encuentros TED ni a los que acuden a ellos, y así se lo ha hecho saber a su entorno de confianza, que, por cierto, no solo le ha costado forjar, sino también mantener.

—Bien —zanja, aunque lo de su *coach* es el menor de sus problemas ese día, a tenor de la que hay liada.

—Estoy llamando a Silvia, pero no me coge el teléfono.

—Ya llamará, por la cuenta que le trae.

# 2

## La nueva asistente

### Beatriz

Le encanta esta parte de la carretera. Aquí es donde realmente siente que está más cerca del aeropuerto que de la ciudad. Más próxima a las salidas, en busca de soluciones, que a las llegadas, con ellas bajo el brazo o no. Como diría su madre, las llegadas son salas repletas de gente con doble equipaje: las maletas y la frustración por regresar.

A su madre, Marga, no le gusta Galicia y tiene pavor a los aviones. No hay quien la convenza de que en Sevilla no está lo mejor. Viaja siempre en tren, que además «bien rápido va», como si por promocionar su empresa le fueran a pagar más. Trabaja en la fundación de esta y siempre lo lleva por bandera.

A su progenitora se le atragantó la tierra de las meigas y no suele visitarla mucho. Para Beatriz, sin embargo, es el único sitio donde se respira de verdad, se come como en ningún otro lugar y hasta las olas suenan diferente al chocar entre ellas o con los acantilados. Galicia es su paraíso personal. Incluso alguna vez ha participado en campeonatos locales de surf, aunque lleva tiempo sin salir al mar. Siente pasión y devoción por las olas… Para ola la que tenía a su lado, la más difícil de surfear…, su jefa.

En esta parte del tramo, próximo al aeropuerto de Rosalía de Castro, los árboles forman un batallón de líneas que se suceden entre sí tiñendo con verde y más verde el paisaje, como si fuesen bombas repletas de naturaleza, colores y buenos recuerdos de la infancia. La carretera, que va dejando atrás la ciudad del apóstol Santiago, intimidada por ellos, se estrecha ante los verdaderos dueños de ese marco privilegiado. Las curvas se enderezan para hacer más visible, si cabe, el valle que se forma a los lados.

Están a punto de llegar y Beatriz percibe una sensación extraña. El breve trayecto no ha calmado ni un poquito una energía que no acierta a definir. Lo poco que lleva trabajando para Mónica, aunque a veces le parece que lleva toda una vida, le basta para saberlo. Además, ya ha escuchado de todo sobre su jefa durante estas semanas.

Esta mañana ha empezado como cualquier otra, con un buen zumo natural de naranja y la rutina de estiramientos, aunque pronto ha sonado el teléfono. Sabe que es importante estar descansada y activarse con ejercicio por las mañanas, pero últimamente no lo tiene muy fácil. Aun así, se mantiene en forma, ha practicado tanto deporte siempre que reconoce que tiene un buen físico. Un metro setenta de altura, cabello largo y rubio, recogido normalmente en un moño, cosa que le resulta bastante práctica. Esta mañana se ha peinado así y se ha puesto un pantalón de pinzas con una blusa informal y una chaqueta. Los zapatos van a juego, pero no ha querido destacar demasiado. Sabe cuál es su papel, quién es su jefa y quién de las dos es la que ha de brillar.

Antes de empezar a trabajar para ella, ya intuía que iba a ser un empleo que exigiría un esfuerzo máximo y poner todas sus capacidades en funcionamiento, pero para eso se había preparado. Contra todo pronóstico había accedido a la entrevista, y eso que ella no pertenecía a la empresa. «A veces pasa», le habían llegado a decir; «pero es raro», había escuchado también. No perdía nada y quiso aprovechar la oportunidad. Contaba con las buenas referencias de Fernando, su anterior jefe. Cuando le dijo que era candidata a un puesto en una de las mejores empresas del mundo y que una oportunidad así no surgía todos los días, Fernando se molestó en un primer momento, pues eso suponía que los abandonaba. Luego, sin embargo, mostró una empatía que pocas veces había visto en un hombre de semejante posición cuando le prometió que, si aquello era lo que realmente quería, él la apoyaría. Así que dejó al CEO de una importante marca suiza de alimentación. El proceso no fue tan largo como pensaba; las buenas palabras de su anterior jefe lo aceleraron todo. Y a sus treinta y un años se convirtió en la asistente de la cabeza visible y la directora de comunicación de un grupo como aquel.

Si algo había aprendido Beatriz durante los tres años que dedicó a la empresa suiza era la importancia de entender que en cada sede se manejaban estilos diferentes a la hora de trabajar y cómo se iban estableciendo vínculos y lazos directos entre el resto de las sedes del continente. También, que era importante valorar las fusiones con las empresas locales de menor tamaño, pero no por ello menos rentables. Los trabajadores las querían y los habitantes de las distintas localidades permanecían fieles a las marcas que habían dado de comer a unas cuantas generaciones. Beatriz se sentía orgullosa de haber formado parte de la empresa con un equipo que la respetaba. Tuvo que luchar y demostrar su valía, porque no se lo pusieron muy fácil. Se encontró con personas a su cargo que no solo eran mayores que ella, sino que llevaban ya muchos años dentro del grupo. En un principio la vieron como una amenaza, como la nueva, ajena a la esencia de la marca asentada ya de tantos años.

Con Mónica, sin embargo, se ha entendido desde el primer día, o eso pensaba... hasta la reunión de la que acaban de salir. De las más surrealistas de su carrera. Durante la afrenta silenciosa y al mismo tiempo violenta vivida en esa sala le vino a la mente una reunión cinco años atrás, cuando trabajaba para unos chicos que habían lanzado una marca de zapatillas. Después de posicionarse en ventas como una de las *startups* más revolucionarias del País Vasco, se vio en medio de una cruzada sin lanzas entre los fundadores. Allí lo que se lanzaban eran miradas que cortaban. Y todo por dinero. Eso entre socios es de lo menos sorprendente y más común, pero absolutamente destructivo. Lograron unos ingresos que superaban con creces lo estimado para aquel año, pero vinieron las dudas (que no las deudas, como habría sido lo esperable) y las discrepancias entre ellos. En esa junta explotaron de manera impulsiva e infantil..., y ella estaba ahí en medio de la contienda. Cada uno de los tres socios la miraba buscando su aprobación como si ella fuera su madre y les fuera a dar la razón a modo de premio, pero para ser madre lo sería de sus propios hijos, si es que se daba el caso. Más que el caso, «el hecho poco probable de conocer a alguien que realmente te entienda como tú quieres y te deje seguir creciendo laboralmente al tiempo que las cosas avanzan entre los dos», como le decían sus amigas... ¿Pide demasiado? Ella, al contrario que sus fieles consejeras, piensa que no.

La crisis de hoy, dejando a un lado «pequeñas» diferencias tales como el tamaño de la empresa y el volumen de ventas de los jóvenes vascos, ha sido también una guerra de egos y un ansia de mejora económica entre unos y otra, en singular... Lo que han pretendido ha sido apartar de su cargo de presidenta ejecutiva de Rodraprex a la hija del dueño y fundador. Sí, echarla como un ángel caído del imperio empresarial de su padre. Un imperio textil y de la moda que se está extendiendo y convirtiéndose en una marca global.

Beatriz, por un momento, deja de mirar por la ventana y de deleitarse con el paisaje. Se fija en su jefa. Realmente le ha sorprendido su reacción desde que salieron de esa sala. Debe ser sincera y reconocer que no sabe cómo manejar esa ola. Quiere surfear a su lado, pero la siente demasiado distante.

# 3

# Empieza el juego

## Ramiro

Si sabes dónde mirar, acabas encontrando lo que quieres. ¿Cuántas veces tiene que caerse para que los demás se den cuenta de que se va a levantar más fuerte? En ocasiones se aburre de tener razón, si bien al mismo tiempo disfruta cuando se cumple lo que antes o después él sabe que sucederá. Lo de caerse realmente es un decir, porque caídas ha tenido pocas, quizá alguna vez esquiando o de pequeño montando a caballo. Le encantan los deportes de riesgo y le excita el peligro, lo ponen contra sus propios límites. Así es la vida para él: una ascensión costosa en todos los ámbitos para luego liberarse en la bajada, sin freno, sin nadie que lo acompañe, salvo que tenga el propósito de seguirle a la misma velocidad o de reafirmar sus ideas, especialmente en lo profesional. A sus cuarenta y tres años Ramiro ha trabajado en Estados Unidos, Asia y Europa, y en Europa ha recolectado los frutos de su periplo profesional.

Se graduó en Económicas en la Francisco de Vitoria y no tardó en hacer un máster en Londres para ampliar el currículum, aunque mucha falta no le hacía, pues pronto le llegaron un par de propuestas para vacantes en la City. Demasiada fiesta y demasiado español en la capital del Reino Unido. Sabía que si se acomodaba ganaría un buen sueldo y acabaría casado con una asiática con más ambición incluso que él, y no era plan competir con su propia mujer. Tenía sed en aquella época, puede que demasiada. Cuando le superaba la rutina, saciaba sus ansias de adrenalina con el deporte, no deseaba poner en jaque su estabilidad financiera. Londres fue un puro trámite, Ramiro quería ascender. Le gustaba el dinero.

Estados Unidos fue fácil, ya que, si destacabas en Gran Bretaña, iban a buscarte allí. Buscar también es un decir, porque los departamentos de *scouting* americanos existen para dar visibilidad a la parte más humilde de las Big Four. Te hacen creer que puedes tener una oportunidad si trabajas duro, pero ellos atienden a un solo lenguaje, el de los números.

Ramiro ya disponía de casa, coche con chófer y unos bonus sumamente suculentos antes siquiera de haber dicho que se lo pensaría, cosa que sería una pérdida de tiempo y, sobre todo, de dinero. Así se lo había transmitido Paulina Lecester, la *senior manager talent acquisition* de su empresa. Fue durante una cena que se convirtió en toda una aventura sexual de un viernes por la noche londinense. Habían coincidido esa mañana en una reunión en la sede de EY, en plena negociación para una fusión «bien *jugoso*», como repetía su colega y socio de departamento de aquel entonces. No recordaba más de él que aquellas palabras, pronunciadas en un terrible castellano con acento británico sin el más mínimo esfuerzo de aprender o al menos entender el idioma. Se le quedó grabado en el subconsciente para siempre.

Bien jugoso fue aquel encuentro, desde luego, del que no solo salió con una oferta formal de trabajo, sino con un rollete que se prolongó durante un periodo de tiempo. Sus colegas de siempre lo llamaban «manzano tropical», y es que lo exótico de Paulina, de madre de Puerto Rico y padre de Utah, eran sus raíces y que vivía en la Gran Manzana.

Así que se fue a Nueva York a principios de los 2000 y se pasó unos buenos años aprendiendo de su reclutadora. Y vaya si aprendió. Paulina era mayor que él y solo le interesaba la parte más romántica de su relación cada ciertas semanas, sobre todo cuando la visitaba su madre en la ciudad de las ciudades y podía justificar así lo liada que estaba. De esta forma doña Nidia pensaba que su hija vivía una historia de amor, pero en realidad la ocupación y mayor distracción de Paulina siempre fue la misma: el trabajo. Como le decía a Ramiro: «Para mí es *better this way*, encanto». Lo único que le preocupaba era cuánto iba a facturar a la semana. Luego, en breves espacios de tiempo para *decompress*, le regalaba un sexo frío y pasional, combinación que él no creía posible hasta que la conoció. Con ella disfrutó de la mejor relación de conveniencia que nunca pudo imaginar. Fueron buenos años. Aquella cosecha, como un buen amante de los vinos, maduró durante la temporada asiática.

El poso que Paulina había dejado en él en forma de conocimiento, perseverancia y ambición brotó en su paso por Singapur y luego por Doha, en esa época aún en construcción. Lo de ahora es un chiste para él comparado con la ciudad que descubrió doce años atrás, cuando viajó por primera vez. Había fichado ya por la delegación qatarí hacía tiempo, pero se resistía a trasladarse. No le llamaba la atención aquello. La vida allí suponía mucho coche deportivo y fiestas en los clubes de los hoteles que florecían en cada esquina del *downtown*. El único deporte de riesgo era escaparse al desierto con *buggies* o pasearse en helicóptero con los socios. Iba y venía con toda la frecuencia que podía para no acomodarse y lo alternaba con estancias en París, Bruselas y Suiza. Tenía claro que no deseaba establecerse en los Emiratos, por más que muchos colegas publicitaran de manera nada encubierta, al contrario, aquello parecía una propaganda en toda regla, sus vidas en redes sociales bajo los lemas «para que luego digan que aquí no se vive de puta madre» o «la vida que realmente me merezco» y que los realmente vanidosos y creativos en lo visual acompañaban de una *beach house* de Dubái de fondo o de los campos de golf a lo largo de Arabia Saudí. También conocía a muchos que directamente le escribían para comentarle las ventajas fiscales, las ayudas a la educación de los niños y todo tipo de servicios familiares, y que a ver si daba el paso y se animaba, por cierto, a casarse, que ya tenía una edad. Le trataban de seducir con otras ventajas que podían resultar tentadoras, pero no para él. Al menos todavía no.

Cuando volvió al país que le vio crecer ya era un auténtico portento en ventas y expansión internacional, bastante inusual si se tenía en cuenta su edad. A punto de cumplir los cuarenta lo hizo por la puerta grande. Una importante compañía energética, tras varias reuniones con semejantes que vestían con chilaba durante los últimos años, se rindió a sus pies. La seguridad con la que defendía los intereses de la empresa. El hermetismo a la hora de negociar sin dejar en evidencia los datos más comprometedores para arrojarlos en el momento adecuado, como un arma mortal que se clava en el lugar idóneo de sus oponentes. El desparpajo y el arrojo en sacarles los ojos a todos aquellos que pretendieran competir con sus cifras, que defendía elocuentemente, cual líder de manada ante sus iguales y ante aquellos susceptibles de ser contrincantes o creerse aspirantes a ello… Todo esto le hacía único.

Durante tres años apagó fuegos como presidente ejecutivo de ventas, pero luego dedicó un año a dinamitar las relaciones internas de la empresa, sobrevaloradas por el propio comité, e hizo estallar las que podrían amenazar y comprometer su futuro a corto y medio plazo. Le encantaba aquello como lo que más.

Los tiburones dominan el mar. Los orangutanes campan por la jungla, y él era como un caimán cuando veía que una gacela cruzaba el río. Se sentía pletórico en esas reuniones haciendo el trabajo sucio. Más de una vez el despacho se convirtió en jungla o también en un océano donde los peces no se le escapaban y donde hasta el calamar más gigante, si lo veía, se iba a pensar qué tentáculos emplear.

Un día, sin embargo, Ramiro se cansó. Orgulloso y ambicioso como era, ya solo podía aspirar a mantenerse en su puesto, y eso no era una opción que quisiera contemplar. Había alcanzado el techo y no iba a ser invitado a la terraza con vistas, nunca. Sabía que esa era una cima a la que no iba a ascender por muy bien que se le diera escalar. Jamás presidiría la compañía, de modo que tocaba subir la apuesta y asumir mayor riesgo. Su ego ahora le gritaba que volara más lejos y hasta la selva más lejana llegaron los ecos.

Fue entonces cuando le pusieron sobre la mesa la oferta de Arturo, y creyó que Rodraprex era un buen lugar donde trepar hasta lo más alto. Vuelta a empezar. Observó y descubrió los entresijos de aquella jungla, las reglas del juego, y pronto destacó, cómo no. Además el viejo empresario le tomó como hombre de confianza y no puso trabas a ninguna de sus decisiones, aunque conllevaran riesgos para la compañía. Subió y subió en la empresa, pero lo que no se esperaba fue el aterrizaje de Mónica, cual Diana cazadora dispuesta a presentar batalla y a tomar las riendas. Con lo que ella no contaba es que él sabe moverse en la oscuridad, jugar sucio y sobrevivir.

Ramiro está al teléfono con la llamada de su asistente. Quiere seguir mordiendo a la víctima y no soltarla. Tiene claro que él no va a caer, va a aprovechar la jugada. La tiene bien pillada. Hoy, en la reunión, ya le ha dejado al padre bien claro que los buenos datos en bolsa se deben a él y no a su hija. Ella tendrá que mover ficha. Están en el mismo tablero.

# 4

## No perder la esperanza

### Jairo

La moderna estructura del aeropuerto asoma de repente entre los robles, castaños, acebos y alcornoques que lo rodean, como si de un gran castillo se tratara. Una fortaleza de acero, hormigón y grandes vidrieras de unos setenta y cuatro mil doscientos treinta metros cuadrados y con capacidad para atender a en torno a cuatro millones de pasajeros al año, cifra que ha estado a punto de alcanzar en el último ejercicio porque muchos turistas procedentes de Estados Unidos y Latinoamérica han elegido las tierras gallegas para sus vacaciones. Tal vez se hayan sentido llamados por su historia medieval o busquen el contacto con la naturaleza. Quizá quieran recorrer su famoso camino o descubrir sus playas salvajes. La gastronomía de la región es otro reclamo, también la posibilidad de hacer negocios. Sea como sea, el precio de las casas está subiendo con el incremento del turismo. Galicia está muriendo de éxito.

En estas cavilaciones anda Mónica cuando el Rosalía de Castro aparece, por fin, ante su mirada expectante. Le viene a la mente su marido, Jairo, que en más de una ocasión le ha sugerido que desvíe parte de su patrimonio para diversificar así los ingresos y los gastos y conseguir multiplicar las ganancias. ¡Están tan cerca y tan lejos el uno del otro! Él tenía un objetivo claro, asegurar un futuro para la familia que siempre quiso formar. Pero algo había fallado.

Durante los últimos años Jairo se ha centrado en su trabajo para así desviar la atención del vacío tan grande que siente. Mónica se obsesionó con no defraudar a su padre y él deseaba llenar la casa de bullicio y caos, como cuando hay niños... Eso les hizo chocar, hasta que un buen día él decidió resignarse, ya no quería discutir más. Optó por confiar en los tiempos que la vida quisiera para ellos.

Inmerso en un trabajo rutinario y eficaz, la gestión de la empresa que sirve a nivel nacional los portes de la de su mujer, a sus cuarenta y siete años Jairo ha ido dejando de lado su anhelo de ser padre. No abandona la idea, pero tampoco quiere agobiarse. Simplemente ha puesto en marcha un mecanismo de defensa: se muestra en todos los frentes con una conducta tranquila que no cede a los sobresaltos. Un uniforme que lleva dentro y fuera de la empresa.

Hace unos días un compañero le invitó a tomar algo, pero salió del paso argumentando que estaba cansado. Le gusta llegar a casa y esperar a Mónica. Se sienta frente al televisor, sin prestar mucha atención, o mira titulares en Twitter. El famoso algoritmo ya sabe por dónde atacarle para captar algo más que su mirada: portal inmobiliario, subidas de hipotecas, réditos, cambios de zonas de demanda de inversión, nuevas fases de construcción a las afueras de Santiago, porcentaje de extranjeros que decidían visitar y apostar por el norte... Un sinfín de noticias, muy similares entre ellas, que le hacen la mejor de las compañías y alimentan sus predicciones a falta de poder compartirlas con su mujer.

Hoy está seguro de que será otra de esas noches. Entrará en casa y no ocurrirá nada sorprendente. Se topará con Martina y Luis, el matrimonio que trabaja para ellos, y tratarán de ser amables y corteses con él, le atenderán con profesionalidad. Navegará entre tuits como siempre mientras le sirven la cena, verá un poco la televisión y se irá a dormir; su descanso es sagrado. Mónica llegará tarde, como de costumbre.

Pero para eso falta todavía. Aún le quedan dos reuniones y quiere revisar un e-mail que le han mandado hace un rato, bastante largo para ser del Departamento de Cuentas y Expansión. Se pondrá con eso más tarde, ahora debe prepararse bien para los del almacén. Le parece más urgente y también mucho más tedioso, pues siempre son pedigüeños y duros de roer.

Su equipo tiene problemas con unos distribuidores ubicados en la otra punta de Europa, y a él le han convocado a una reunión sobre un acontecimiento nada ordinario en la frontera de Polonia. Se ha tirado casi una hora de teléfono tratando de solucionar por qué, y sin motivo aparente, unos camiones están parados en la frontera. Esa ruta es importante y clave, es la que se dirige al norte de Italia para posteriormente recorrer todo el país. Él se ha encargado de esa zona y de organizar los canales para poder llevarla a cabo, nunca ha dado complicación alguna ni ha funcionado mal, así que quiere hablar con el equipo del almacén para ver qué decisión tomar. Le hubiese gustado hablar con su mujer, pero si Beatriz dice que está a tope es porque está sobrepasada.

Él lo sabe. Se lo ha notado, pero Mónica le ha asegurado que está yendo una vez por semana a su terapeuta. Además ahora va en el coche rumbo al aeropuerto y estará más acelerada de lo habitual. No va a llamarla otra vez. Le mandará un mensaje de buen viaje y nada más, y que le llame ella cuando crea oportuno, ya se lo ha dicho a Beatriz. Quiere dejarle su espacio, aunque a veces le da miedo que Mónica no mida bien la medicación que toma para mantener el equilibrio y la cordura. Teme que todo esto sea un motivo para no quedarse embarazada. Pero Jairo no pierde la esperanza. Y llegado el caso sabe que se adaptaría perfectamente a su nueva vida.

# 5

# El aeropuerto

## Mónica

*11.30*

Comparar el Lavacolla con el Internacional de Miami, que recibe cincuenta y tres millones de pasajeros al año, o con el de Londres, donde unos ochenta millones de almas aterrizan o despegan y que es uno de los de mayor tránsito del mundo, no tendría mucho sentido. Si algo podrían tener en común los tres aeropuertos es el flujo de energía y diversidad cultural como consecuencia de las numerosas nacionalidades que los recorren.

El aeropuerto gallego resulta más cómodo para cualquier viajero. Su tamaño es inferior y permite abarcar con facilidad la gran sala central con todas las puertas de embarque y con la cafetería principal situada en el medio. Cuenta con cuatrocientos ochenta mil metros de superficie que incluyen zonas de servicio, transporte de cargas, servicios de emergencia, pistas, un aparcamiento de cuatro plantas que casi siempre está lleno… Pero Mónica es ajena a todo esto: un jet privado la espera a escasos metros de la salida para pasajeros, en la terminal ejecutiva, más tranquila y menos transitada. Según se baja del coche, presenta la documentación, atraviesa el arco detector de metales y ya se puede dirigir a su avión.

El aeropuerto presta un servicio de *handling* para aquellos que van a abordar en una aeronave de estas características. Ella, sin embargo, puede llegar con la berlina que la transporta desde Rodraprex, su imperio empresarial, hasta la misma escalerilla del avión. Su coche cuenta con la acreditación necesaria. Su padre, Arturo, comenzó a disponer de este servicio años atrás, en una época en la que era algo realmente exclusivo. Cuando padre e hija aún viajaban juntos, a él le gustaba explicarle la situación privilegiada de la que disfrutaban.

Antonio, ya en las inmediaciones del aeropuerto, pasa el desvío de salidas comerciales y gira a la izquierda, en la bifurcación que separa las salidas y llegadas comerciales, la parada de taxis y el aparcamiento, para tomar una vía más estrecha que conduce directamente a la terminal ejecutiva. Reduce la velocidad conforme a las señales. Acerca el coche al control y detiene el vehículo antes de la barrera, espera a que se alce y se introduce en una especie de garita techada con una estructura fina y de color rojo cobrizo, que anuncia que es un espacio especial y diferente.

El chófer, diligente, se baja y abre la puerta de Mónica. Beatriz le ayuda con el escaso equipaje que llevan ambas para pasar el control y entrar en una zona desconocida para la mayoría de los visitantes del aeropuerto comercial, que no son conscientes de que por allí también transitan, al igual que ellos, otros pasajeros en condiciones más cómodas y rápidas.

Antonio saluda a los dos agentes de seguridad privada que custodian el arco de metales. Suelen ser los encargados de realizar el control. No están habituados a mucho movimiento ni los esperan muchas sorpresas, más allá de algún despiste de última hora, como que algún pasajero se haya olvidado el pasaporte.

Al llegar al control, sacan de los bolsillos los objetos personales como los móviles y las carteras. Se quitan los abrigos, los pasan por la máquina de rayos X. Uno de los de seguridad acompaña a Antonio al exterior para inspeccionar el vehículo; cuando reciba luz verde, Antonio esperará al otro lado a Mónica y a Beatriz.

De pronto el guardia, con una hoja de control en la mano, pregunta:

—Falta una persona, ¿verdad?

La pregunta pilla a Mónica totalmente por sorpresa. Mira interrogante a Beatriz, pero tampoco parece saber nada. Entonces cae. Tiene que ser Humberto.

# 6

# Lealtad

## Humberto

*Unos minutos antes,*
*de camino al aeropuerto*

La perseverancia y voluntad de hacer el bien alimentan el alma de Humberto. Ser el abogado y hombre de confianza del dueño de una empresa como Rodraprex desde su fundación no es cualquier cosa. A Humberto le ha tocado luchar. Ha vivido todas las trabas y complicaciones, las transformaciones y los avances, pero en todos estos años siempre ha mantenido la esencia de algo que para él es incuestionable: la lealtad. Está agradecido a su amigo y a la empresa que le ha dado la vida. Emana seguridad y los que lo rodean lo notan, saben que tienen en él a un cómplice y que les va a proporcionar el mejor asesoramiento cuando sea necesario.

A sus sesenta y un años se ha labrado un nombre y una buena reputación, con esfuerzo y entrega. Siempre ha tomado las medidas adecuadas y los ajustes correctos que convenían en cada momento. Su mirada transmite tranquilidad y sonríe siempre. Es tenaz. Ha logrado solucionar más de un problema legalmente complejo y a favor de su jefe, ha velado por sus intereses y ha buscado lo mejor para él. Su parecer y su intuición no suelen fallar nunca.

Su equipo, veintitrés personas elegidas para la contienda legal desde la sede gallega, bebe de su experiencia y actúa en consecuencia, guiado por sus directrices y su estilo, que se ha forjado en los innumerables conflictos a los que se han enfrentado según crecían el emporio empresarial y sus departamentos. Su labor es necesaria entre otras cosas porque el volumen de ventas anual no deja de aumentar y porque, como él dice, cuanto más grande, más problemas. Hay momentos en los que nadie mueve un dedo sin su valoración.

Ha llegado uno de esos momentos y por ello Humberto se dirige al aeropuerto. No está muy contento; se había reservado el día para un asunto personal, un gran lujo para él, pues su disponibilidad con la empresa es absoluta. Hoy su nieta se presenta a una prueba en el conservatorio de A Coruña, en la orquesta sinfónica, para formar parte del programa anual de becados. Pensaba acompañarla, pero apenas hace una hora ha recibido la llamada de su cliente y amigo.

Arturo Rodríguez le ha pedido que se una a su hija Mónica en un viaje. No ha entrado en muchos detalles, solo le ha dicho que era imprescindible que fuese con ella. Había surgido un problema en una reunión de emergencia inesperada que había solicitado Ramiro junto con el Departamento de Contabilidad. Humberto a punto estuvo de corregir las palabras de su amigo, ya que a su parecer aquella convocatoria había sido pura estrategia de Ramiro, pero calló. Arturo le informó de que ya se había tomado la libertad de avisar al comandante para que incluyesen sus datos y pudiese volar. No le dio opción. Mónica se encontraba en una posición muy delicada. Lo de su nieta de momento tenía que esperar.

Arturo y él eran amigos desde hacía cuarenta años, bastante antes de que se fundara Rodraprex. El dueño de la empresa confió en él desde el principio para ponerla en marcha y aprovechó sus conocimientos y estudios de Derecho y Económicas. Se sentía seguro sabiendo que a su lado tenía a una persona razonable y consecuente. Podía tratar con él cualquier tema con total discreción y la garantía de contar con alguien fiel. Forjaron una unión fuerte que a lo largo de los años les permitió sobrevivir a los distintos vaivenes de la empresa y a las arduas negociaciones. Juntos se enfrentaron a pequeñas y grandes batallas que siempre ganaron y con las que reforzaron cada vez más su relación.

Dentro del taxi que le lleva hasta el aeropuerto repasa todos los datos que tiene. Parece ser que, tras la famosa reunión, Arturo habló con su hija y sucesora. Después se puso en acción y le llamó a él para que se dirigiese cuanto antes a Santiago y volara con su hija a Bruselas, que ya iba de camino al aeropuerto.

Se le antoja todo muy precipitado. Ese tipo de reuniones y los temas que se tratan siempre han ido por otros cauces. El trayecto de A Coruña hasta Santiago le está permitiendo pensar y poner todo en perspectiva.

Ramiro ha forzado esa reunión, cree, porque sabía que él no asistiría, pero a la de Bruselas sí va a llegar. Le parece paradójico que a la de setenta kilómetros no haya podido asistir, pero la que se va a celebrar a dos mil kilómetros sí va a contar con su presencia. La distancia no le va a impedir hacer lo que mejor se le da: defender los intereses de los Rodríguez, sea como sea.

Solo lleva la tablet y un escueto equipaje en un maletín de cuero que le regaló Arturo hace ya tiempo por sus veinte años trabajando para ellos. Es suficiente, pues vuelve ese mismo día a Galicia. Aunque no pueda acompañar a su nieta, al menos llegará pronto a casa y podrá preguntarle en persona qué tal ha ido todo. Además, Uca, su mujer, sí que la acompañará, como habían quedado tras el cambio de planes.

Aprovecha los kilómetros para repasar los documentos que Ramiro le ha reenviado a Arturo tras la reunión. Necesita ir preparado a Bruselas, y además hay asuntos que no terminan de encajar, ya se lo advirtió Arturo. Es un correo bastante largo y aporta todo tipo de cifras en varios documentos adjuntos.

No obstante, pese a las gafas de ver de cerca, con el movimiento del coche se le hace complicado comparar números y apartados subrayados en rojo. Decide seguir en el avión. Le quedan apenas unos minutos para llegar y prefiere mirar por la ventana. Le encanta el paisaje, ama su tierra y necesita despejarse un poco, pues intuye que el vuelo va a ser denso. Quiere llegar relajado para enfrentarse junto a Mónica a lo que sea que está ocurriendo.

La vibración del móvil le saca de sus pensamientos. La pantalla ahora iluminada anuncia quién le llama y requiere su atención: Beatriz Sánchez, la nueva asistente de Mónica.

—¿Sí, Beatriz? —responde con tono molesto; desea relajarse y no va a poder ser.

—Hola, Humberto, ¿cómo estás? Estamos en el aeropuerto y nos acaban de decir que vienes con nosotras a Bruselas. ¿Cuánto te queda?

—Así es. —Mira el reloj—. Estoy a menos de quince minutos. ¿Ya habéis llegado vosotras entonces?

—Sí, ya estamos aquí. Verás, Mónica está un poco inquieta. Arturo no le había dicho nada de que fueses a venir. ¿Ha sido una decisión de última hora, Humberto?

Nota que Beatriz está algo nerviosa y que ha bajado el tono cuando le ha hecho la pregunta, más bien se la ha susurrado. Trata de tranquilizarla:

—Nos vemos en nada, querida, y ponemos todo en común, ¿te parece? Por suerte, vamos a poder hablar con calma en el avión.

Hay algo en Beatriz que le resulta familiar. Quizá sea su talento para lidiar con las personas, incluso en momentos difíciles y tensos como aquel. También aprecia la lealtad con la que se encarga de todo lo relacionado con Mónica. Eso es lo que más le gusta de ella. Le recuerda a sus inicios con Arturo.

—De acuerdo, ahora nos vemos, Humberto. Gracias por atenderme. Lo siento, tengo que dejarte.

Cuelga sin dejarla intervenir. Intuye que su jefa está delante. Lo sabe porque ella ha cambiado el tono de voz, más directo y seguro. Beatriz lleva poco tiempo en la empresa, pero él ya ha escuchado cosas buenas sobre ella. Lo está haciendo bien, y eso que viene de fuera... Él tampoco lo puede pasar de largo.

# 7

# El embarque

## Mónica

*12.00*

«Hacía mucho tiempo que no me sentía tan molesta. Tengo derecho a expresar cómo me siento, como me dice Laura. Todo se está complicando demasiado. Sí, Humberto viene. Parece que mi padre no se fía de que yo sola pueda hacer frente al comité de cuentas en Bruselas. No entiendo por qué tienen que ser ellos los que se encarguen de cuadrar todo en el resto de Europa si aquí lo hacen de maravilla».

Beatriz le confirma lo que se temía con un gesto con la cabeza. Nada más pasar el arco de seguridad ha llamado a Humberto.

—Dice que está llegando ya —continúa mientras recoge de la bandeja la cartera y la tablet.

—¿Qué quería Silvia antes? ¿Te ha contestado al mensaje? —Mónica habla de la manera más tranquila que puede para pensar en otra cosa y no quedarse con lo de Humberto rondándole por la cabeza.

—Era por el cierre. Estaba con Ramiro.

—Lo de los camiones, ¿no?

—Sí, ¿te acuerdas de que te comenté que podía haber problema con eso? Pues…

—Ya. Vamos, que tenías razón, y, si lo sabías, ¿por qué no hiciste algo para evitarlo, Bea? —Está furiosa y no le apetece darle la razón después de la que hay liada.

—Bueno, no pensé que…

—Vale, llámala, porque, si Humberto está al caer, salimos en cuanto llegue.

Qué ganas tiene ya de sentarse en el avión, de quitarse los tacones y de tomarse algo caliente en condiciones. Pero su cabeza no cesa de pensar y pensar. Le va a estallar. Demasiada presión, pero sabe que ha de aguantar y no exteriorizar el nivel de estrés que tiene. Calma, calma, mucha calma.

«Hay mucho dinero en todo esto. Nunca me imaginé que estaría a cargo de semejante universo, cada vez más grande, pero siento como si se acercase a un agujero negro que pudiese absorberlo todo de golpe y no dejar rastro. Como si todos estos años de esfuerzo no hubieran servido de nada. Si las cosas se esfumasen con tanta facilidad, no seríamos nada, no dejaríamos huella. Tengo la sensación de que existe algo que se mueve constantemente a nuestro alrededor, muy cerca de nosotros, como otra galaxia que tiene ocho veces las proporciones de nuestra empresa y que está dispuesta a hacerse fuerte y apartarnos del lugar que ocupamos en el cosmos. En ese cosmos empresarial que habitamos. Así me siento cada día, este es mi pensamiento recurrente. Mi mayor miedo. Lo más gracioso es que ni siquiera puedo poner nombre a esta galaxia. ¿Es normal esta sensación? ¿Es común este miedo que me consume? Mis amigas dicen que poco me pasa cuando estoy al frente de un mastodonte como Rodraprex. Hasta hoy. Lo de hoy podría realmente cambiarlo todo. No quiero anticiparme y prefiero ser fiel al plan. Ceñirme a lo que hemos hablado una y otra vez, no desviarme de lo que hemos repasado y armado en los últimos meses. Sin fisuras. Ramiro y ahora Humberto están complicándolo todo. Hay que seguir. Este es mi lema. Tengo que ser fuerte».

Mira a Beatriz y se preocupa. ¡Cuánta paciencia la suya! Lo está pagando con ella, pero no puede evitarlo. También es parte de su trabajo. Dios, qué ganas de poder cerrar un poco los ojos en el avión, pero sabe que con la llegada de Humberto eso no va a ser posible. Suspira.

# 8

# El comandante

## Ignacio

*Unos minutos antes*

La vida está para vivirla. El jet privado es el hábitat natural de Ignacio. A sus cuarenta y cinco años lo tiene claro. Si algo le gusta es viajar. Ganar dinero y viajar. Y si ese orden se altera en favor de lo primero, mejor que mejor.

Pero no siempre ha sido así. Fue militar del Ejército del Aire, piloto e instructor de Eurofighter. Combatió en Afganistán en los primeros años de la década de los 2000. Después recaló, como suele ocurrir por todo el servicio acumulado durante años, en la Base Aérea de Albacete, donde formó a todos aquellos a los que él mismo denominaba «el revelo». Se casó con Cristina cuando aún estaba en el Ejército. Ella era médico militar y en la campaña afgana coincidieron en la misma base. Conectaron desde el primer momento y compartieron algo más que destino y vocación. Ella eligió seguir sirviendo en Afganistán a su lado cuando pudo haber regresado a España. Decidieron darse el sí quiero a la vuelta de una de las campañas. Sin hijos, llevaban una vida atractiva a ojos de sus más allegados.

Hoy Cristina tiene guardia en el hospital, ya como civil, y quiere enviarle un mensaje como hace siempre antes de cada viaje. Saldrán hoy según lo previsto, pero con algo de antelación, ha respondido él. Ese también es uno de los primeros gestos que hace antes de cada vuelo: escribir a su mujer. Una costumbre que nació cuando era militar y aún estaban en misiones. Transmitir calma a los familiares antes de cada «paseo» era algo a lo que daban mucho valor todos sus compañeros, así como las llamadas nada más aterrizar. Ahora es diferente, pero Ignacio mantiene la costumbre, por inercia o por no abandonar los hábitos, también por informar y dejar constancia del viaje.

Hace las últimas comprobaciones en el interior de la cabina mientras su copiloto, Javier Sánchez, se encarga de la revisión exterior; es nuevo, será la primera vez que vuele con él. Observa también cómo María y Dámaso, los azafatos en los últimos trayectos de Rodraprex, preparan la comida y que todo esté en orden para la llegada de Mónica Rodríguez y su equipo. Aunque hoy el séquito de la jefa es más reducido de lo habitual, se ha convocado a los dos asistentes de vuelo igualmente. Han conseguido llegar a tiempo a pesar de haberse adelantado el vuelo un par de horas. La ruta a Bruselas está prevista en la tercera semana del mes, y a primera hora de la mañana los han llamado para que estuviesen antes en el jet. Su disponibilidad siempre es inmediata, pero le ha sorprendido su puntualidad, a la hora justa.

Ignacio, que siempre está en guardia y prevenido con un margen de veinticuatro horas para cualquier salida que se tercie, ha llegado el primero, perfectamente aseado y vestido de manera impoluta con su traje de comandante. No es un atuendo cualquiera, este ha sido diseñado y confeccionado por la propia Rodraprex. Fue un encargo directo del dueño, de Arturo, que siempre ha hecho gala de buen gusto en la selección de las tonalidades de los tejidos y la combinación de estos.

Siempre ha cuidado cada detalle supervisándolo todo, desde las costuras hasta los pliegues, y ha dotado a los uniformes de un aire más moderno alejándose de los convencionales.

El azul oscuro tanto del pantalón como de la chaqueta recuerda, según el señor Rodríguez, a la tonalidad que deja el sol sobre la tierra al esconderse, como antesala a la noche. Una gracia del ocaso antes de apagarse su máximo esplendor. Las cuatro líneas de color dorado en la parte superior de la manga indican su rango de comandante, pero más finas y juntas entre sí, como en contraposición a la oscuridad de la noche, como si anunciasen los primeros rayos de un nuevo día. Esa primera hora en la que ha hecho tantos viajes desde que empezó en la empresa. El puño de la camisa blanca asoma debajo de la chaqueta y parece estilizar la prenda. En esta los galones van bordados directamente en lo alto del hombro y son el distintivo que marca la jerarquía de quien está al mando dentro de la aeronave. Su exjefe y reclutador le aclaró el significado de todos los detalles del uniforme cuando le preparó para su puesto, hacía ya tres años. Era un traje a medida, expresamente hecho para él.

De mirada profunda gracias a sus ojos oscuros, elegante en sus movimientos, ahora Ignacio revisa de nuevo el parte meteorológico en el interior de la cabina del Global 7500, de la marca Bombardier. Ya lo ha comprobado antes, pero le gusta cerciorarse hasta el último momento. Y no será la última. Su reloj marca las 11.30, las 10.30 en hora zulú, en la que se sirve el parte meteorológico. Abre el maletín que ha dejado cerca de su asiento y comprueba si tiene todo. Mira por la ventana y ve cómo Javier se detiene frente a uno de los planos y realiza parte de las comprobaciones exteriores requeridas.

La aeronave tiene unos treinta metros de longitud y unos doce mil trescientos noventa kilómetros de alcance, y ya está cargada de combustible. Semejante aparato llama la atención en cualquier pista de aterrizaje. Este en concreto es blanco y algo más discreto si se compara con otros propiedad de grandes empresarios y magnates, sobre todo del Este de Europa. La nave aguarda ajena a lo que puede acontecer entre sus ocupantes, ya sean reuniones o simplemente viajes a otra ciudad. Paciente, espera a que todo el personal haga lo que tiene que hacer para ponerse en marcha, sin prestar atención a sus preocupaciones o muestras de impaciencia, porque de ahí no se va a mover hasta que todo esté donde tiene que estar. Como si no tuviera prisa en desplegar su talento y, sin embargo, lo hará de cero a cien en apenas unos segundos con sus potentes reactores. Tiene una única misión y la cumple a la perfección, pues traslada de la manera más rápida y confortable por todo el globo terráqueo a aquellos clientes que, como en el caso de Rodraprex, se lo pueden permitir.

Con unos costes operativos anuales por encima de los tres millones de dólares, unos ocho mil por hora de vuelo, incluye mantenimiento, combustible y tripulación. Todo esto figura como un elemento diferenciador de cualquier empresa que se precie y genere un volumen de ventas acorde a suplir ese gasto sin llegar a inmutarse, sin que afecte apenas a sus cuentas. Hace ya años que la cúpula directiva cuenta con semejante bólido de los cielos para optimizar los encuentros cada vez más necesarios entre el personal directivo de la sede principal en España con las que están repartidas por Europa, e incluso, más recientemente, en América. Hace trayectos como el de hoy, de ir y volver en el día, sin tener que esperar combinaciones en otras ciudades que incluso ni existen cuando se trata de conectar con Galicia.

Ignacio revisa con detalle y rigurosa atención todos los elementos de la cabina. Su profesionalidad y cuidado despiertan la admiración de su tripulación, en especial de Dámaso, que está loca y secretamente enamorado de él desde la primera vez que viajaron juntos. Le fascina su capacidad de concentración. María reconoce la elegancia del comandante, aunque «lo encuentro muy apuesto, pero como mi querido Manueh no hay ningún otro hombre». Ignacio se partió de risa cuando la escuchó por primera vez y bromean a menudo sobre eso.

Entre sus cualidades están la seguridad, su mejor arma, y el manejo de la ironía. Con un comentario sutil y justo a tiempo puede desarticular cualquier situación conflictiva o un malentendido. A veces no le hacen falta ni palabras, sino que lo compensa todo con una sonrisa de oreja a oreja que transmite confianza y simpatía a partes iguales.

Los años en el Ejército han convertido a Ignacio en una persona solemne y disciplinada. Es responsable y está presente en todo lo que requiere su atención. Es efectivo tomando decisiones, si bien es capaz de mantener el gesto más neutral posible y sin mostrar ningún atisbo de emoción si la situación así lo requiere; por suerte, esta faceta es la menos visible y sobre todo desconocida para su tripulación. El comandante también es observador y paciente, transmite así calma con sus gestos y su presencia. Lo último que uno pensaría de él al verlo es que hubiera combatido años atrás. Sin embargo, en su rostro se dibujan ya el paso del tiempo y las experiencias vividas. Todas estas le han marcado.

—Comandante, todo bien en la exterior —le informa el copiloto al tiempo que entra en la cabina.

—Ruedas, pozos del tren de aterrizaje, motores, ¿algo que resaltar? —Ignacio se asegura de que ha realizado bien las comprobaciones.

—Todo en orden, lo he revisado varias veces.

—Aunque sea una ruta corta, siempre hay que ser meticuloso y no confiarse, ¿me sigues? —recalca Ignacio.

—Por supuesto. —Javier demuestra disposición y buena gana—. Ya me he presentado a la tripulación también. ¿Quiere que vaya a la terminal a recoger al pasaje?

—Eso es cosa mía, Sánchez, tú repasa el plan de vuelo y empieza con la *cockpit preparation, battery master check, fire detection…*, bueno, ya sabes, todo lo necesario para ponernos en marcha cuanto antes.

Justo en ese momento irrumpe María en la cabina.

—Ya está toda la comida cargada y preparada, Ignacio. ¿Queréis algo de beber mientras esperamos?

—Javier, pide lo que quieras, que aquí tenemos enchufe —bromea el piloto con su ayudante.

—Gracias, María, ahora no, que estoy con la APU —contesta sin dejar de mirar la pantalla, concentrado en los indicadores de la batería principal en *discharging*.

—¿Sabes lo que significa en inca, Sánchez? —le pregunta el comandante.

—No. —Javier aparta los ojos de la pantalla para escuchar atento a su jefe. Lo mira como un alumno a punto de aprender la lección del día, aunque por un momento piensa que puede ser una novatada.

—«Apu» es un término con el que los incas denominaban una presencia en las montañas nevadas, eran espíritus protectores que velaban por las personas en su territorio…

—Por su ganado y sus cultivos —añade María—. A mí también me lo contó un día. Por cierto, no me has dicho al final cuánto es del regalo…

Ignacio sin quitar la mirada de su atento pupilo replica a María:

—Todavía no se lo he dado. A veces, cuando te prejubilas tienes más lío que cuando estás trabajando…, y nuestro querido compañero debe de estar celebrándolo aún… Hace ya unos días que no hablo con él… A ver si a la vuelta nos ponemos al día con este tema, María.

Hace un gesto a Javier para que continúe y no pierda concentración.

Quiere que sienta confianza y esté a gusto, pero sin dejar de saber quién manda en esa cabina, sea cual sea su experiencia.

—Todo listo atrás —anuncia Dámaso desde la entrada de la cabina mientras termina de colocarse el uniforme—. Los baños olían un poco mal, igual se ha quedado algo de agua retenida o algo del anterior viaje, porque ufff… —Se pone al lado de María—. ¿Estáis hablando del regalo de Crespo? No sé nada de él desde el día que volvimos de Milán. ¿Se ha ido ya al Caribe o qué? —pregunta haciéndole un gesto a María para que compruebe si lleva bien puesto el uniforme.

—A República Dominicana, que a su mujer le hacía ilusión —señala María en un alarde de mostrarle a su compañero que ella está más atenta que él a las últimas novedades, y también le da el visto bueno.

—Sí, eso. Me iba yo ahí ahora mismo encantado, sol, algo fresquito frente al mar… —fantasea Dámaso.

—El que se va soy yo, que deben de estar ya al caer. ¿Cómo vas con eso? —le pregunta Ignacio a Javier mostrando interés no solo por la lista de comprobación, sino por su forma de trabajar.

—APU funcionando.

—Bien, ahora cuando vuelva hacemos las comprobaciones del interior juntos.

Ignacio coge su chaqueta y sale del avión para recoger a los que van a ser sus pasajeros en el día de hoy.

# II

# Preparados para volar

# 9

# La maquinaria se pone en marcha

## Ramiro

*Después de la reunión de la sala de juntas*
*11.00*

Ramiro abandona la sala de juntas con bastante urgencia. Analiza lo ocurrido. No solo ve un par de incongruencias en las cuentas, ante todo ve una gran oportunidad. Sin saber todavía muy bien qué está pasando, esa oportunidad viene de la mano de Mónica y el fallo que haya podido cometer. Lo que aún no sabe es si ha sido de manera intencionada y si ha incurrido en más errores.

Esos flecos son como una cortina, que, si la aparta, puede abrirle el paso al jardín de las delicias. De golpe. De una habitación gris y aburrida a un jardín lleno de colores y con auténticas maravillas donde todo está preparado para jugar. Ahí sí. Estos momentos son los que le hacen coger el aliento, como si estuviese en la cima de una montaña, y respira a pleno pulmón. Los ojos le brillan.

Quería hablar con Mónica, pero, qué casualidad, ella ha cogido el teléfono para hablar con su padre. Muy oportuno y típico de ella. No parecía que le estuviera gustando mucho lo que escuchaba. Su cara era un poema. Ha sentido cierto placer al observar a una mujer tan empoderada hacerse tan pequeña con solo oír a su progenitor al otro lado de la línea. La ha buscado con la mirada una última vez y ante la desidia de ella ha decidido no esperar ni un segundo más.

Camina ahora por los largos pasillos de la sede hacia su despacho, un par de plantas más arriba. Hoy se ha puesto sus pantalones de pinza grises y una camisa blanca ceñida. Lo ha conjuntado todo con unos zapatos negros que pisan poderosos el suelo. Estos suenan y acompañan rítmicamente el latido de su corazón. Está concentrado y avanza con decisión y firmeza.

Ramiro está moviendo las fichas en el tablero de la partida que están jugando hoy. Cuelga rápido a Beatriz, porque no es el momento de dar explicaciones a nadie, sino de tenerlas. Después ha marcado a Silvia, de Logística, y le ha pedido que suba en cuanto pueda para reunirse con él en privado. También ha llamado a Miguel, del Departamento de Cuentas, y le ha pedido un par de informes detallados del registro de expansión y solicitudes de apertura de las sedes en Europa del ejercicio pasado, correspondientes a seis meses atrás. Sabe que no va a costarle apenas. Miguel es ágil y se mueve por la red interna de la empresa como pez en el agua. Le gusta cómo trabaja ese chico. Tiene garra y es resolutivo, y le tranquiliza que esté a su disposición. Hoy es un día importante, lo puede sentir. Necesita el mejor equipo a su lado, y, aunque no es muy grande, es leal y entregado.

Cuelga y según sale del ascensor, justo antes de entrar en su despacho, pide otro café, el tercero de la mañana, a su secretaria, Lupe, una mujer de la empresa y para la empresa. Ramiro no la eligió: a su llegada a Rodraprex se la impusieron amablemente, el jefe insistió en que le ponía en las mejores manos. Algo más testaruda que Miguel, si bien también es eficaz. Eso lo valora. No ha hecho muchos amigos en la empresa, tampoco lo ha pretendido. Prefiere caer mal, hacer su trabajo y conseguir lo que quiere. Lupe entiende su proceder sin juzgarlo.

En esta planta el ambiente es otro, más tranquilo y con menos frenesí que unos pisos más abajo. Sospecha que muchos trabajadores de la empresa serán sus detractores. Otros igual no tanto y lo ven con buenos ojos, como si fuese el incitador de una revolución a punto de estallar, un jinete a lomos de su caballo que porta en sus manos una gran bandera en señal de liberalización. Según se cruza con los empleados, estos levantan las miradas de las carpetas o de los teléfonos móviles para mirarlo a él, como si fuera el Neo de Arturo, ¿el elegido?

Ahora mismo eso le da igual, pero es una posibilidad. Y tanto que lo es. Lo que le genera esa confianza en sí mismo es haber gestionado todo lo anterior en apenas unos minutos, incluso sin contar con cobertura en el ascensor, que es un tiempo precioso; eso es lo bueno y lo malo de tener semejantes muros de diseño en la sede.

Una vez en el despacho se acomoda en su silla para saborear una victoria anticipada, en esta ocasión él ni siquiera presentó batalla. No ha dado el primer golpe, pero hay cosas que si no las atas bien caen por su propio peso. Si esperas a atacar en el momento adecuado, después de recibir, es cuando haces más daño.

Mónica... Le viene de perlas que sea ella la que viaje a Bruselas, eso le da margen para averiguar la tremenda cagada que le posicionará a él donde piensa que se merece estar.

Abre su ordenador y vuelve a llamar a Silvia. ¿Se está haciendo de rogar o qué? Su despacho queda cerca del suyo, ha tenido tiempo de sobra para llegar...

—Ramiro, ya voy, estoy terminando un e-mail —contesta ella lo más asertiva que puede.

—Ven ya, Silvia, no tengo toda la mañana. —Algo le dice que ella sabe o está a punto de enterarse de lo que pasa con los camiones.

Entra Lupe con su café y, según se lo deja sobre la mesa, le informa:

—He solicitado los informes de México como me has pedido durante la reunión. Van a tardar un poquito, porque Eugenio estaba aún dormido cuando le he llamado. El pobre me ha contestado asustado. Tiene bastantes problemas. Allí son las cuatro de la mañana. Me ha dicho que tiene que organizarse con los niños, no los puede dejar antes de las siete y media en la escuela. Su mujer no está en casa. Intentará acercarlos a alguna madre e irá rápidamente a la oficina y lo mirará «al rato, no más».

Lo de México ha sido una intuición, porque Ramiro sabe del interés que Mónica ha mostrado siempre por esa sede, que nunca han hecho mucho caso. Cuando ha saltado la posible cagada en Europa, ha pensado enseguida que algo se podría estar cociendo al otro lado del océano sin que fuesen conscientes.

—Eso y nada es lo mismo, pero bueno —responde Ramiro, y se pregunta si de verdad tiene que desplazarse a la oficina para eso.

—¿Para cuándo los necesitas?

—Para ayer.

—Vamos a tener que esperar un poco. ¿Puedo hacer otra cosa mientras?

—Traer a Silvia de la oreja.

—Me despedirían por maltrato. —Lupe tiene esas salidas irónicas, pero logra aliviar así las situaciones tensas.

—Cierra la puerta cuando quiera que llegue. Si tarda más de cinco minutos, vuelve a llamarla tú, por favor.

—Estoy fuera.

Lupe da por concluida la conversación con su jefe. Revisa que no se haya dejado nada sobre la mesa y mira de nuevo el reloj que lleva en la muñeca izquierda, sale del despacho de Ramiro. Nota que hoy su jefe está especialmente serio y concentrado en algo que a ella se le escapa. Además, conoce a Eugenio y se ha dado cuenta de que ese «al rato, no más» no ha sido especialmente certero. Va a tardar una hora como mínimo en solucionar lo de los niños y ponerse a ello, eso con suerte y si no se topa con mucho tráfico en el camino. La diferencia horaria no los ayuda nada en estos casos.

Le va a tocar a ella ponerse a buscar por otro lado. Entonces piensa en Miguel, él seguro que da rápido con algo que tenga que ver. No es su departamento, pero se mueve bien. Cada mes hay un registro de lo que sucede en las sesiones de control, no sea que pasen por alto algo o se haya camuflado algún fallo en los largos informes. Lo cierto es que cada vez hay más información, pero esta no sirve de mucho. Se acumulan los correos para dejar constancia y se solapan los unos con los otros. Sin darle más vueltas, y sin llegar a sentarse en su mesa de diseño, marca su extensión:

—Hola, Miguel.

—Dime, Lupe, estoy con una cosa para tu jefe —responde enérgicamente este para dejar claro que está bastante ocupado.

—Justo te llamaba para ver si me podías mirar una cosa para él… —Se sienta ya en su puesto.

—Sí, lo de Europa. Estoy con ello ya, ¿algo más?, que aquí hay mucha tela que cortar.

—Espera, ¿cómo que lo de Europa?

Ramiro, su jefe, no da tregua ni deja hilos sueltos. Quiere ser el más rápido.

—Claro, Ramiro me ha pedido que mire informes de expansión y solicitudes de apertura. Está más inquieto de lo habitual, ¿no? —pregunta sin esperar respuesta, porque se nota que sigue a lo suyo, sin dejar de teclear frente a la pantalla y con el teléfono pegado a la oreja.

—Bueno, inquieto… Está entre cabreado y como si alguna sospecha le rondase la cabeza, porque yo creo que…

—Lupe, de verdad, tengo lío, ¿algo más? —Miguel quiere cortar la llamada, pero, justo antes de que pueda despedirse para colgar, Lupe interviene de nuevo.

—Sí. —Se toca el colgante que lleva puesto por encima de su jersey de cuello vuelto. Va a lanzar la petición que tiene pensada, pero se detiene un momento. Con la información que acaba de darle Miguel, tiene otra idea y, ya que le tiene al otro lado del teléfono, aprovecha—. ¿Puedes mirar algo que no te cuadre de México?

—¿México? Eso ya sabes que no lo llevo yo.

—Tú no llevas muchas cosas, pero llegas a todo, estoy segura. ¿Lo miras, porfa? —Hace gala de su capacidad de convicción y años de experiencia.

—México es muy grande. ¿Puedes ser más concreta? —responde al mismo tiempo que se nota que está apuntando todo en un pósit sin soltar el teléfono.

—Lo mismo que estás mirando de Europa, pero allí.

—Lo de Europa ya me está costando. Sabes que lo de México lo llevan desde allí principalmente —dice recalcando la palabra «allí».

—Eugenio va a tardar, son siete horas menos, y Ramiro está más pendiente de lo habitual. —Se inclina—. No te lo pediría si no fuera importante para él.

—¿Para él o para ti, Lupe ? —No quiere entrar en su juego.

—¿Acaso no es lo mismo, Miguel? —añade, seria—. ¿Lo miras, por favor?

Miguel se queda en silencio al otro de la línea y por fin sentencia:

—No te prometo nada.

# 10

# Los camiones

## Beatriz

*12.10*

Las últimas palabras que Beatriz ha escuchado de su jefa es que llame a Silvia. Y no ha hecho falta marcar, porque en ese mismo momento Silvia ha salido del despacho de Ramiro y ha marcado ella. Justo cuando está guardando las cosas que ha dejado en la bandeja de control de metales y se dirigen de nuevo al coche para ir hacia el avión. Es la misma rutina de siempre, está más que acostumbrada a hacerlo, casi con los ojos cerrados. Lo que no imagina es que esa llamada puede cambiar el rumbo de las cosas y sobre todo el viaje que tienen por delante.

Silvia, con tono serio, le explica a Beatriz lo que ha sucedido. Se nota que intenta recomponerse, que está desbordada y que aprovecha la llamada para coger algo de aire y también de perspectiva al mismo tiempo. Además es consciente de que sus interlocutoras probablemente están a punto de embarcar, si no lo han hecho ya. El encuentro con Ramiro ha sido breve pero intenso. Le ha tenido que proporcionar los datos de lo que ella misma ha descubierto una hora antes, cuando Mónica hablaba con Arturo en la sala de juntas. Quiso explicárselo, pero ellas se tenían que marchar rápido y Ramiro había solicitado que fuese a su despacho.

—En definitiva…, ay, no sé cómo abordarlo. —De nuevo se calla, porque decir en voz alta lo que ocurre no es fácil.

—Silvia, sea lo que sea, suéltalo ya.

Beatriz no quiere agobiarla, pero le hace ver que tienen prisa. Se están dirigiendo al coche que las conducirá hasta el avión.

—Vale, ya está, que en estos pasillos se oye todo y hay muchas antenas.

Silvia se ha metido en una de las salas que sirven de espacios comunes y que está antes de llegar a su mesa. Comprueba que no hay nadie ni ninguna reunión programada en la pantalla. Quiere explicarle todo a Beatriz, contarle cada paso que está dando, pero asegurándose de que nadie escucha. Ha de ser breve y directa. Coge aire y habla con una claridad arrolladora porque sabe que no puede haber lugar para la confusión, lo tiene todo perfectamente ordenado en su cabeza.

Hay unos camiones detenidos en la frontera polaca por una orden directa que se ha ejecutado desde la sede de transportes en Polonia esa misma semana. Desde España se ha dado el OK para parar esa ruta que resulta fundamental para la infraestructura de operaciones y pieza clave para el funcionamiento correcto de otros departamentos. Silvia hace una pausa en su explicación porque quiere asegurarse de que Beatriz lo entiende bien. Pero ahí no acaba todo. Un fallo en el pago de aranceles ha obstaculizado el paso en la frontera coincidiendo con el fin de semana, y aquí viene lo más sospechoso y preocupante: se trataba de materiales que figuraban como pagados, pero que no habían llegado a los proveedores del Este hacía justo ahora sesenta días.

Beatriz se ha quedado callada. Está asimilando la información, pero tiene que mover ficha inmediatamente. ¿Por dónde empezar? Tiene a Mónica cerca.

—¿Ha pasado antes algo igual? —pregunta, sedienta de información que arroje luz a la situación.

—Nunca desde que yo llevo aquí, pero antes se seguía otra operativa, ya lo sabes. —Guarda silencio esperando la siguiente pregunta.

—¿Ni una sola vez? ¿Lo dices en serio, Silvia?

—Lo sé, Bea.

La jefa del Departamento de Logística no sabe dónde meterse. Se siente aliviada por contar con la atención de Beatriz en todo este lío, pero está agobiada por lo que esto implica. Suele apagar fuegos, pero este tiene demasiado calibre y demasiados frentes. Lo que ha pasado no es en absoluto habitual. No es posible esa cadena de sucesos, a no ser que sean totalmente intencionados.

—Estamos hablando de mucho dinero, Bea. Si hubiese sido solo lo de los aranceles no habría sido tan grave, podría tratarse tan solo de un descuido y solo tendríamos que haber visto distintas opciones y cuadrar las diferencias con la persona responsable, pero lo de los materiales que figuran como pagados...

—Silvia, vamos a embarcar. Déjame que hable con Mónica. Nos esperan en Bruselas y creo que todo esto está relacionado. Te ruego máxima discreción.

—Tengo a mi departamento totalmente parado, no puedo callarme mucho más —implora otra respuesta que no sea esperar y ya está.

Beatriz sabe que no puede dejar eso así, Mónica no lo va a consentir después de lo que ha hablado con su padre. Tiene que actuar ya, así que pregunta a Silvia:

—¿Tienes línea directa con tu homólogo de allí?

—¿En Polonia? Claro, Bartosz es uno de los que me ha llamado mientras hablaba con Ramiro. Le he dicho que en ese momento no podía atenderle, y rara vez he escuchado a ese hombre levantar la voz o estar tan alterado como hoy.

—Habla con él y me vuelves a llamar. Prefiero no decirle nada a Mónica aún.

—Bea, no quiero que mi departamento se vea involucrado en algo que no ha sido una cagada nuestra. Este hombre me va a hacer preguntas, igual que ha hecho Ramiro.

—Solo te estoy pidiendo algo de tiempo.

—¿Más? Os habéis marchado nada más salir y aquí me están preguntando por todos lados.

La llamada está empezando a coger un tono cada vez más tenso y Beatriz sabe que no es el momento ni el lugar. Silvia tiene razón.

Mónica ya la está mirando impaciente y Humberto va a llegar de un momento a otro.

El coche espera con las puertas abiertas. Una respiración profunda. Su madre, Marga, le ha enseñado que en momentos así lo mejor es la calma. Es importante valorar, mediar y, sobre todo, capear estas situaciones y medir las posibles consecuencias.

—Silvia —corta la conversación—, antes de salir de este aeropuerto, te doy una solución. Por lo menos te proporcionaré una respuesta que pueda ayudarte más de lo que yo puedo ahora mismo. Llama al Bartosz ese, cálmale y que te explique todo lo que pueda qué está pasando según él, y volvemos a hablar en unos minutos antes de que despeguemos. —Se mete en el coche y con la mano que le queda libre se coloca el bolso.

—Antes de que colguemos, quiero comentarte otra cosa. —El tono de Silvia es más bajo. Se nota que está siendo cauta y misteriosa, no quiere que nadie más que la asistente de Mónica escuche lo que tiene que decirle.

—Dime.

Beatriz cierra la puerta del coche.

—¿Estás sorprendida?

—Silvia, no perdamos tiempo… —No entiende la finalidad de la pregunta ni las intenciones de Silvia al hacerla.

Pero esta termina la frase finalmente.

—Ramiro no lo está.

# 11

## Bienvenida a bordo

### Ignacio

*12.15*

Ignacio baja las escalerillas del Bombardier hacia la pista para esperar a los pasajeros. Se detiene para observar lo que le rodea. La temperatura exterior contrasta con la que hay en el interior de la cabina. Dentro se está confortable y fuera hay algo de humedad y frío, rozando los once grados centígrados, algo propio del mes de marzo. El cielo con algo de nubes aún tiene un tono grisáceo. Una mañana de lo más habitual en las proximidades de Santiago de Compostela. En el aeropuerto no hay mucho movimiento, salvo un avión comercial recién aterrizado que se dirige a su puerta en la terminal.

El comandante saca el móvil del bolsillo de su pantalón mientras camina alrededor de la aeronave y hace una inspección visual. Unos segundos después, se aproxima la furgoneta Mercedes Vito de *handling* del aeropuerto delante de la berlina en la que se encuentra Mónica Rodríguez y su asistente. Ignacio llama a despacho de vuelos y tras un breve intercambio de datos cuelga y se coloca de nuevo a los pies de la escalerilla para estar preparado y dar la bienvenida a sus pasajeras.

En ese momento se paran los dos vehículos, de la berlina se baja Antonio, el chófer de la familia, para abrir la puerta del asiento de la señora Rodríguez. Mientras, Beatriz, la asistente, baja por sí misma a la vez que habla por teléfono y se acomoda el bolso para cerrar la puerta del coche tras ella. De la furgoneta no se baja nadie, tiene el motor encendido y espera a que los pasajeros suban al avión para poder retirarse.

Antonio saca del maletero la bolsa que su jefa lleva como todo equipaje y se la entrega mientras se despide de ella. Acto seguido se acerca a Beatriz y espera a que cuelgue el teléfono para decirle:

—Me marcho ya.

Ella afirma con la cabeza y mira más a Mónica que a Antonio. Mónica, que lleva puestas unas gafas de color negro discretas, se para frente al comandante para saludarle y le ofrece la mano que tiene libre. Está preparada para subir al avión.

—Buenos días, Mónica, bienvenida a bordo. —Coge su mano y la ayuda a subir las escalerillas que la llevarán al interior del jet.

—Hola, Ignacio, tenemos que esperar a Humberto. Él también viene. —Y se dispone a subir sin aguardar a Beatriz, que aún se está despidiendo del chófer.

Esta, no obstante, no ha dejado de observar a su jefa y se cerciora de que sube sin problemas, a pesar de los tacones que lleva. Una vez que deja al chófer, se acerca al comandante.

—Buenos días, Ignacio. Humberto también viene, me ha dicho que está a unos quince minutos —le informa la asistente.

El comandante siente que la joven está lidiando con alguna situación complicada; por eso el tono seco, como tratando de dominar las emociones. Ha ampliado algo más la información que ya le ha dado Mónica.

—Gracias, Bea, ahora se lo comunico a la tripulación. Bienvenida a bordo —contesta Ignacio, atento a que suba la escalerilla al igual que su predecesora.

La berlina y la furgoneta oscuras emprenden su camino de vuelta hacia la garita de seguridad, pegadas la una a la otra. Una para esperar al siguiente vehículo que transportar hasta el jet de los Rodríguez, la otra para abandonar definitivamente las instalaciones. Todo está orquestado y medido. A Ignacio le gusta pensar que ofrecen un servicio perfecto.

# 12

## Sobrepasada

Beatriz

*12.15*

La llamada con Silvia ha sido de lo más reveladora. Ahora mismo siente que se les viene una buena encima si no actúan de inmediato y no sabe si, incluso haciéndolo, puede haber una solución.

¿Camiones parados? Vale. ¿Despiste en el pago de aranceles? ¿A ese nivel? Bueno, podría ser…, pero lo de los materiales que figuran como pagados…, eso ya es otra cosa. ¿Y Ramiro? Que no está sorprendido, dice Silvia. Venga ya. Si se entera de algo así, o si ya estaba informado al respecto pero sale a la luz una noticia que además le concierne, tiene que estar como mínimo un poco impresionado, ¿no? Beatriz no entiende muy bien lo que está ocurriendo.

Ha colgado, pero lo está procesando todo. En el corto trayecto en coche hasta la pista de despegue, ha estado consultando la tablet y fingiendo que está muy ocupada para que Mónica, de momento, no le pregunte nada. Aunque, para su sorpresa, su jefa ha guardado silencio.

Mónica sube la escalerilla delante de ella y sigue sin preguntarle nada. ¿Está enfadada con ella? ¿Ha intuido algo de la llamada? ¿Está esperando a sentarse en el avión para conversar? Tiene que reaccionar rápido. Le ha prometido a Silvia que, antes de despegar, le va a dar alguna idea o alguna directriz para poder tirar por algún lado. Le viene hasta bien que Humberto retrase la salida, así puede hacer un par de llamadas sin que el abogado esté presente.

Saluda al comandante, pero no puede evitar dar vueltas al asunto. ¿Alguien desde dentro de la empresa la está boicoteando adrede? Al ver a Ignacio piensa en cómo ha cambiado la situación desde el viaje a Milán de hace tan solo unos días, cuando se desplazaron hasta la ciudad italiana por motivos muy diferentes, sin presiones. Ahora todo es distinto, nota que la tensión va aumentando cada minuto.

Beatriz sube las escaleras y hace malabares con todas las cosas que lleva, pero ninguna tan pesada o difícil como lo que se está cociendo en su cabeza. Una vez en el interior del avión, Dámaso, el asistente de vuelo, le da la bienvenida, pero lo que más le llama la atención es que en la cabina descubre a un copiloto al que no ha visto hasta ahora. Sus miradas se cruzan en el instante en que él levanta la vista de una de las pantallas de los controles del avión. Tiene el pelo oscuro y perfectamente recortado y los ojos claros. Viste el mismo uniforme que Ignacio y luce una expresión seria. Beatriz intuye que no es ni muy alto ni muy bajo, pero la camisa ceñida al cuerpo revela que está en forma. No tiene nada que ver con el otro compañero de Ignacio, el comandante Crespo, con el que ha coincidido nada más que un par de veces —al fin y al cabo, ella tampoco lleva tanto en la empresa—, pero siempre le parece un hombre simpático y alegre al que le encanta su trabajo. María la saca de sus pensamientos.

—Bienvenida, Bea. ¿Necesitas que te guarde algo? —La asistente de vuelo se muestra muy cariñosa y cordial con ella.

—Hola, María, ahora te doy el abrigo, mil gracias.

Deja su bolsa encima del cómodo asiento que va a ocupar. Es de piel, de color beige y con reposabrazos a juego.

—Mónica me ha pedido agua, ¿tú quieres algo?

—Agua está bien, sí —responde aún algo distraída.

—Muy bien, ahora te la traigo, Bea. ¿Todo bien? Te veo algo preocupada. ¿Ha ocurrido algo? Mónica ha pasado de largo, sin saludar apenas. —La azafata busca en ella algo de complicidad.

—Bueno, ahí vamos. —No da más explicaciones—. Tengo lío, María. Espero que podamos hablar dentro de un rato.

Y le da la espalda para seguir acomodándose sin prestarle mucha más atención, porque no puede desahogarse y decirle que está sobrepasada, que no entiende nada de lo que está pasando.

# 13

# Mal olor

## Mónica

*12.20*

Por fin está sentada. Tener que esperar a Humberto no le hace nada de gracia, y decidir si atiende ahora a Beatriz antes de que llegue, menos. Sabe que su asistente ha hablado por teléfono con Silvia y que su cara es un poema, por mucho que trate de disimular delante de ella.

Entre la reunión con su padre y ahora todo este follón, Mónica sospecha que se ha montado un buen lío. No le apetece nada revisar ahora el documento que le ha facilitado Beatriz de camino al aeropuerto, el que les habían mandado inmediatamente después de la reunión. Tampoco enfrentarse a las dudas que traerá Humberto bajo el brazo. Lo conoce bien, estarán dentro de un periódico enrollado de los que suele llevar él y lo desplegará ante ella para leerlo minuciosamente, como le corresponde hacer a la mano derecha de su padre.

Retrasar ese momento será lo ideal. Quiere evitar a toda costa hablar de México. De las cuentas de expansión y de la apertura de nuevos locales. No tiene por qué salir el tema. Al fin y al cabo el viaje a Bruselas para asistir a la reunión del comité de cuentas no es para esa revisión en ese momento del año, al menos no todavía. Que se esperen un poco, si están allí es por y para ellos.

Mira por la ventana. El día es gris, con nubes y humedad por las lluvias de primera hora de la mañana. No hay nada que llame su atención, algo con lo que poder distraerse. Necesita pensar en otra cosa que no sea la empresa.

Sí, hay otras cuestiones, pero están por dentro y nadie las ve, solo ella… Está tan cansada. Se quita los tacones. Siente a María a su lado, le trae el agua que le ha pedido hace nada. Se ha dado prisa, ojalá todo fuese tan sencillo como llenar un vaso de agua y acercárselo a alguien.

—Gracias, María. ¿Huele un poco mal aquí dentro o me lo parece a mí?

—Dámaso me ha dicho que se ha quedado algo de agua estancada dentro del baño, pero ya lo ha limpiado. ¿Echo más ambientador?

—Pues, si es posible, sí, gracias. O, no sé, ¿esperamos a que se vaya el mal olor solo? —suelta irónicamente.

Intuye que a María le fastidia asistirla a ella y no a su padre como está acostumbrada. Nota en cada gesto su incomodidad, y si fuera por ella la despediría, pero no puede tomar cartas en el asunto porque la azafata es una de las protegidas de su padre, que siempre le recuerda que lleva muchos años con ellos.

Se levanta y ocupa un asiento delante; cuando huela mejor, regresará a la parte trasera del avión para que nadie la moleste y pueda disfrutar de cierta tranquilidad hasta pisar tierra firme. Beatriz se ha colocado más adelante, porque nota que su jefa quiere estar sola y no hablar de trabajo, tan solo mirar por la ventanilla. Mónica es consciente de la distancia que hay entre ellas, aunque también está segura de que su asistente se ha sentado lejos de ella porque está intentando solucionar unos cuantos marrones y no quiere preocuparla. Decide llamarla.

—Beatriz.

La llama por su nombre completo, lo que aprendió de su padre; si llama a alguien así, sin decir nada más, espera que esta persona le informe de inmediato sobre todo lo importante.

—Sí, Mónica, déjame que haga una llamada antes de salir y te cuento. Humberto está al caer y quiero que hablemos antes tú y yo.

—Ya debería haber llegado, ¿no?

Está impaciente, deseando despegar. Se le está haciendo eterna la espera.

—Sí, voy a darme prisa. Ahora estoy contigo.

Mónica se gira y le da la espalda de nuevo. Tampoco vuelve a mirar a María una vez que esta ha depositado el vaso de agua en la mesita delante de ella. Se centra en el móvil. Quiere mandarle un mensaje a Jairo, porque no le apetece hablar con él, además asume que estará liado. Escribe: «Qué mañana llevamos, Jairo. Salimos en breve. Espero que no esté afectando a tu departamento todo esto. Luego hablamos», y pulsa la tecla de enviar. No quiere mirar más el móvil ni desea saber más de nadie.

# 14

## Enseñanzas

### Beatriz

*12.22*

Beatriz observa a su jefa. Trata de descifrarla. Su comportamiento desde esta mañana es errático. Intenta llevar a cabo su trabajo lo mejor que puede, pero no está siendo fácil con esa actitud de Mónica. Piensa en su antecesora, en Maite.

Dejó el puesto de repente, o al menos nadie se esperaba su partida. Ofreció una vaga explicación de su marcha: que en la vida todo eran etapas y que estas tenían que acabar en algún momento para dar paso a otras. Eso es lo que varios compañeros le habían contado. Después de tantos años al servicio de la empresa, le parece raro que Maite se despidiera así. Le hubiese gustado haber hablado con ella, porque así le habría descrito mejor el trabajo. No se refería a las tareas del día a día, sino a averiguar cómo era Mónica y lo que se precisaba para estar a su lado tanto en lo profesional como en lo personal. Al cabo de varias semanas, Beatriz albergaba aún muchas dudas sobre su jefa. ¿Cómo manejar los espacios con ella? ¿Prefería la proximidad o había que mantenerse al margen hasta que ella requiriese su presencia? ¿Esperaba que le diese las directrices necesarias o era mejor que interviniese en cualquier momento solucionando los distintos asuntos que se les presentasen?

Sin la guía de la persona que mejor debía conocer a Mónica, aquellas primeras semanas Beatriz había actuado por instinto y psicología. No le había ido mal... Hasta esta mañana y esa maldita reunión. También debía agradecer las enseñanzas de su madre en estas lides.

Su madre le había advertido que, cuando se trabaja para figuras tan importantes con tanto poder y con responsabilidades en una empresa familiar, esto conlleva «ciertas concesiones». Como no entendía a qué se refería, le pidió que se lo explicara. Parece ser que años atrás Marga había trabajado con una mujer bastante especial. Analizaba con cuidado cómo le anunciaba un problema. No la avisaba de lo que iba a hacer hasta no estar segura de cuál iba a ser el resultado, y, si este no la convencía, tenía otro tema preparado para distraer su atención. Así le hacía creer que esto último ya estaba solucionado y que lo que se traían entre manos —lo importante— estaba encarrilado...

Nunca antes Marga había compartido su filosofía empresarial con su hija, pero cuando estaba a punto de incorporarse al equipo de Mónica Rodríguez creyó que ya había llegado ese momento. Beatriz ya no estaba tratando con chavales que empezaban un negocio o con un gran empresario de traje y corbata que solo deseaba hacer números para su interés, sino para mantener un legado. Para Marga ahí estaba el quid de la cuestión.

Beatriz recuerda ahora, con sumo cariño, esas lecciones de su madre, su orgullo y suma cautela, pues era una mujer honesta. No sabía en qué momento le servirían las palabras de su madre..., hasta ahora, sentada en ese jet privado, en este día tan intenso que está viviendo..., y no ha hecho más que empezar.

Vuelve a mirar a Mónica. ¿Cómo puede acercarse de la mejor manera? ¿Qué es lo que quiere escuchar? ¿Necesita que debatan, le quiere dar instrucciones o desea directamente las soluciones? Este trabajo no hace más que ponerla a prueba a cada rato. Le faltaba un día de tensión total y lo está teniendo. Ahí están las dos, subidas en un avión, esperando a Humberto para despegar. No sabe muy bien cómo va a lidiar con todo ni cómo va a ser el trayecto hasta Bruselas.

# III

# Aullidos

# 15

# Hijos pródigos

## Arturo

*Poco después de la reunión de la sala de juntas*

Arturo tiene pendiente llamar a Ramiro. Sabía que esto iba a pasar. Después de la reunión telemática, se ha quedado hablando con Mónica por teléfono, los dos solos. No se encuentra en la sede gallega como de costumbre, sino en Madrid, donde junto con otros empresarios han organizado una jornada para intercambiar pareceres y poner en común los avances en sus respectivos sectores. Así es, se verá con la élite empresarial del país. En ese tipo de citas no hay lugar para las pequeñas y medianas empresas, ni para cooperativas que no cierren el año con al menos cien millones de beneficio. Las convocadas son empresas con un nivel de expansión feroz o asociadas a multinacionales que favorecen que compitan ya no solo a nivel europeo, sino también alrededor del mundo. Las compañías más fructíferas de España.

En este cónclave de élite hay de todo, desde las omnipresentes empresas energéticas y petroleras hasta cadenas del supermercado o del motor. Emprendedores que han amasado grandes fortunas, líderes con un buen posicionamiento en el mercado, con valores bursátiles de gran reconocimiento global y que ocupan las primeras posiciones de la bolsa nacional y entre los cien primeros puestos en el mundo.

Para Arturo es un paseo que no quiere dar, que no le viene bien en días como hoy, y ni siquiera le apetece. Hace años le merecía más la pena, cuando desde el punto de vista empresarial se nutría de conocer otras formas de pensar y anécdotas de sus iguales, otros empresarios que como él habían conocido el esfuerzo que requería llegar hasta donde estaban.

Eso ha cambiado con el tiempo, sobre todo en los últimos años, cuando copa los mejores puestos de desarrollo financiero y logístico y lidera los rankings empresariales que más facturan. Forma parte de ese reducido grupo de ejecutivos que hacen posible semejantes cuentas y balances estratosféricos. No necesita mucho intercambio de experiencias.

Ahora valora más quedarse en la sede, cerca de su hija y actual presidenta ejecutiva, y supervisar desde su despacho lo que él ha levantado tras décadas de sacrificio. Prefiere recibir las visitas en Galicia y llevar a comer a sus invitados a restaurantes de confianza, donde sabe que van a disfrutar de una exquisita selección de productos locales, acompañados de un buen y discreto servicio. Además puede alargar las sobremesas durante horas y todos los invitados se quedarán con un buen sabor de boca, no solo por lo que se sirve en la mesa, sino por el trato y la disposición de unos salones privados en un ambiente exclusivo pero cercano, e incluso, dependiendo de quién gestione el establecimiento, hogareño.

Echa de menos esas tardes de sobremesa en algún restaurante próximo a la sede, con chimenea y buenos alimentos, debatiendo con sus semejantes durante horas y horas sobre cómo actuar en los negocios y analizando cómo iban evolucionando. Nada que ver con lo que le espera en Madrid, que no le va a aportar absolutamente nada.

No pensaba incorporarse a la videoconferencia con Rodraprex, pero se ha visto obligado a asistir ante la emergencia que se ha presentado. En un principio era una reunión rutinaria, una comprobación entre departamentos antes de cuadrar con las cuentas distintos aspectos para el trimestre. No había previsión alguna de que fueran a salir los problemas que han surgido en Polonia. Solo entonces consideraron importante que interviniese para que fuesen los propios encargados quienes le transmitieran lo ocurrido y no se enterase por los medios de comunicación. También pretendían que, antes de que se originasen otros problemas, él estuviese informado de los pasos que se iban a seguir, además de anunciarle una inminente revisión por parte de la agencia que auditaba las cuentas en Bruselas.

Finalmente se había sugerido, sin dejar opción alguna a una negativa, que se aprovechase la reunión que estaba programada con el Departamento de Cuentas en la sede económica europea para ese mismo día y que Mónica viajara a la capital belga cuanto antes para aclarar una serie de cuestiones y puntos que le enviarían a la mayor brevedad posible y para manejar la situación de la manera más eficaz y discreta.

A Arturo no le había gustado nada cómo se había resuelto el encuentro. Le olía a encerrona. A una operación contra su hija y su cargo de presidente ejecutiva. Llamó de inmediato a Mónica. Quería comunicarse con su hija de una manera directa, sin que nadie los escuchase. Deseaba saber cómo veía la situación y compartir con ella un par de cuestiones que le habían llamado la atención cuando escuchó a los del comité mencionar reiteradamente al Departamento de Logística.

Ahora no puede parar de pensar en todo lo que ha ocurrido y en qué hilos mover. El hecho de que Jairo trabaje en ese departamento es algo que Arturo siempre ha tratado de favorecer, pero le ha sorprendido que su yerno no estuviese en la reunión y que no hubiese hablado con él.

De igual forma quiere saber cómo están las cosas en casa y valorar si pasa algo entre su hija y Jairo. Si ese es el motivo por el que están distanciados tanto en lo personal como en lo profesional. No es tonto, intuye que las cosas entre ellos no marchan bien.

Desde el primer momento, Jairo le pareció una buena opción para trabajar junto a su hija; de hecho, él mismo los presentó. Es más, cambió a su yerno de departamento para que gozara de unas mejores condiciones económicas. Arturo lo tuvo claro: Jairo reunía las condiciones para ponerle como cabeza de la División de Transportes, pues necesitaba a alguien trabajador e interesado en el bien y el crecimiento de la empresa como si fuese suya. Así lo percibió en su primera charla y constató que los números y los ajustes que había logrado durante su desempeño en el almacén no habían sido mera casualidad.

Le había preguntado directamente qué mejoras había implementado y él respondió de manera clara y bastante firme que había «dado más rotación a toda la partida online para así ganar espacio y al mismo tiempo agilizar las nuevas colecciones para que no ocupen una zona que pueden aprovechar para recibir nuevos materiales en favor del Departamento de Desarrollo e Innovación». En aquel momento el *e-commerce* aún estaba en pañales, y el hecho de que Jairo ya lo tuviera tan presente, integrándolo como algo necesario y presumiblemente fundamental en un futuro, con lo que se adelantaba a la demanda actual, pero siendo precavido, lo había sorprendido, hasta quiso ver una parte de sí mismo en él. Si algo le gustaba a Arturo era anticiparse, así lo había hecho siempre con todos los grandes pasos que había dado al crear y asentar lo que ahora era una tremenda y musculosa realidad.

No se conformó solo con conversar con él, también preguntó a los compañeros con los que más relación tenía. Aquella encuesta casi clandestina y sin querer levantar liebres resultó muy favorable para quien luego se convirtió en el marido de su hija.

Casi todos los compañeros coincidieron en lo mismo, que Jairo se entregaba a su trabajo, sin apenas tiempo para distracciones externas. Tenía además una visión de futuro que pasaba por formar una familia, además de seguir creciendo profesionalmente. Nunca se había quejado por las vacaciones y si podía trabajar tres de los dos días que le tocaban así lo hacía.

Lo de formar una familia se le estaba resistiendo, pues ya lo había hablado con su hija alguna vez, pero, en lo que a su departamento concernía, estaba llevando a cabo una labor realmente positiva para el buen funcionamiento de todo lo relativo al transporte en las diferentes sedes europeas. Asimismo, con el *e-commerce* en pleno auge, había logrado abaratar los costes de los traslados y del almacenaje de las colecciones actuales y las venideras, teniendo que ampliar en favor de esto último más instalaciones. Así había reducido los gastos por proximidad y había enlazado rutas casi en tiempo récord. Además había aumentado el equipo con más puestos en almacén y había disminuido la plantilla en otras áreas del departamento que él mismo había demostrado que no eran tan resolutivas ni eficaces.

Había probado igualmente que ante la bajada de la demanda nacional era importante habilitar la parte externa y fortalecerla ante la posible subida de aranceles en el exterior. Es decir, prepararse para que, ante un posible cambio de tendencias, ellos pudieran seguir produciendo prendas útiles y necesarias para una clientela más alejada de las modas. Vamos, disponer de una especie de armario rotativo que con pequeñas modificaciones a nivel local pudiese funcionar también de manera global.

La reunión con su hija ha transcurrido igual que las que tiene últimamente con ella: mal. Mónica siempre está a la defensiva, distante. Ya no se comporta como la niña de sus ojos ni lo mira como al padre que siempre había admirado. Prefiere no pensar cuándo se dio esa ruptura. Eso no quita para que él por su hija haga lo que sea. Y, aunque piense que puede afrontar sola todos los problemas, él no se retirará de su lado. Han llegado a algunos acuerdos sobre su inminente viaje a Bruselas, pero él va a estar pendiente y dando seguimiento de cerca.

Sí, tendrá que hablar con Jairo, pero el que ahora le preocupa realmente es Ramiro. Conoce su ambición, le gusta jugar y mover las piezas del tablero, y, sobre todo, él y su hija no se entienden precisamente. La guerra de egos que no quería que estallase ha estallado. No es ciego y sabe que Ramiro funciona cuando trepa. Sí, le ha dado alas, pero porque es bueno en lo suyo y no tiene miedo ni a la innovación ni al cambio. Le ha tratado siempre como a un hijo rebelde y no le pillará por sorpresa si le traiciona. Pero si le mantiene en el redil y le muestra que puede seguir ascendiendo no dejará que el barco se hunda. Está seguro de que ha visto en todo esto una oportunidad para quitarse rivales, entre ellos su hija. Tiene que calmarlo, moderarlo, ponerle de parte de lo realmente importante: Rodraprex. Está seguro de que ya está moviendo sus hilos, metiendo sus narices para su propio beneficio, para colgarse medallas.

Tiene tantos frentes abiertos: ayudar a su hija sin que esta se enfade y calmar a la fiera, a Ramiro, que puede seguir siendo útil para la empresa. En lo que Ramiro a veces no repara es que él también es perro viejo y lleva muchos años al mando de su imperio textil…, y que es él el que permite su ambición y que siga escalando, porque de momento su figura puede aportar a la empresa, pero que no toque a su hija… Le llamará, sí, pero antes va a tocar unos cuantos hilos más. Quiere dejar bien atado todo lo de Bruselas.

Arturo tiene el móvil en la mano. A veces le gustaría que le dejaran un poco de respiro. Se va mereciendo un descanso.

# 16

## Dispuesto a echar un cable

### Humberto

*12.30*

Humberto está frente al agente de seguridad que ya conoce de unas cuantas veces. Clemente, que es como se llama el tipo que se encuentra frente a él, de gesto dócil y temperamento tranquilo, en más de una ocasión y de manera apresurada ha tenido que echarle una mano con algún trámite de última hora con la Guardia Civil en el puesto del aeropuerto.

Siempre recuerda la vez que un proveedor de materiales de Elche, que viajaba a México para supervisar la cadena de producción en las líneas de fabricación sudamericanas, visitó la sede y Arturo le puso a su disposición el jet para poder ir y volver prácticamente en el día. En un viaje este se dio cuenta, al llegar al control de metales, donde está él ahora mismo, de que no llevaba el pasaporte. No tenía ni idea de dónde se lo había dejado.

Si no hubiera sido por Clemente, que intercedió con la Policía Nacional para emitir uno nuevo en la Terminal, y por las veces que se habían vistos en las mismas el agente y él, intercambiando curiosidades en los breves momentos del control, con lo que se había forjado una especie de camaradería entre ellos, aquel hombre aún seguiría buscando su pasaporte y sin haberse quedado tranquilo de cómo trataban sus materiales en la otra parte del charco.

Esa es otra de las cosas que le gusta de Arturo, cómo dispone lo que tiene en favor de otros o, como en aquel caso, para su tranquilidad. Siempre fue un visionario, como con aquel proveedor, el señor Martínez.

Arturo sabía que, si viajaba hasta allí, eso no solo beneficiaría el rendimiento de su pequeña empresa con la que quería colaborar, sino que mejoraría la productividad de Rodraprex al contar con sus materiales, de una calidad especial y que además, hasta ese momento, nunca habían salido de sus dominios mediterráneos. Contar con esa empresa especializada en calzado y complementos y agregarle mayor alcance era una buena operación para ambos. A él le faltaba ese departamento en Galicia y el ilicitano quería expandir su negocio. Los dos contentos.

También cabe decir que el gran Clemente sabe bien a quién está ayudando facilitando las cosas en algunos aspectos que son más tediosos de conseguir para otros viajeros. Cuando la familia de Arturo todavía viajaba toda junta (aún estaban Adela y Alejandro), habían hecho un trayecto de ida y vuelta a Colombia y se habían pasado de equipaje. El atento agente hizo la vista gorda, incluso sabiendo de dónde venían. Se dio cuenta de que Arturo estaba molesto e intercedió por ellos, simplemente por ahorrarles tiempo y que pudiesen evitar todos los filtros por los que hubiera tenido que pasar el equipaje. El buen hombre supuso que aquel era el motivo de la tensión que percibió en el ambiente. Humberto recuerda esta anécdota porque él también estaba allí.

—¿Vais con prisa hoy, verdad, Humberto? —inicia Clemente la conversación, amable y dicharachero como siempre.

—Si te digo que yo tendría que estar en Coruña con mi nieta en vez de aquí…, te puedes imaginar, ¿no? Buenos días, Clemente.

Se quita el abrigo al mismo tiempo que deja el maletín sobre la cinta.

—Bueno, ir y venir por lo que veo —trata de aliviar la ligera molestia del abogado.

—Rodraprex no atiende a horarios convencionales, ya sabes.

Mientras, pasa el arco detector.

—Luego no estaré yo cuando volváis, cambiamos turno, pero a ver si un día de estos hablamos con más calma, que mi sobrina quiere hacer las prácticas de moza de almacén. Está haciendo un curso de Formación Profesional. Habíamos pensado que igual en la sede…

—Eso está hecho, Clemente, ya me comentaste que estaba ilusionada el año pasado con la idea, ¿puede ser? —Hace gala de su buena memoria, sobre todo si tiene que ver con las preocupaciones personales de la gente que le rodea.

—Sí, pero tampoco quiero que sea una molestia, que estas cosas me dan apuro.

—Bueno, bueno. —Avanza desde el interior del arco, se pone el abrigo sobre el brazo después de recuperarlo de la cinta y agarra el maletín—. Al señor Rodríguez le gusta ser atento con este tipo de cosas y ayudar a cuanta más gente mejor. —Y, diciendo esto, estrecha la mano a Clemente como cualquier otro día, pero sin saber que el de hoy no es ni va a ser cualquier otro día.

—Gracias, Humberto, buen viaje. —El agente se despide realmente satisfecho ante la posibilidad de recibir esa ayuda para su sobrina.

Humberto ha ayudado en diversas ocasiones a colocar a gente en la empresa. Muchas veces a petición de Arturo. Sí, tender esa mano dando más que un puesto de trabajo. No solo el gozo de hacer algo bien, sino acercar posibilidades, oportunidades y lealtades bajo el paraguas de una agrupación tan grande como Rodraprex, ese imperio empresarial que desde el principio ha sido la razón de ser del señor Rodríguez y un motivo de orgullo para él. Ahora tienen una amistad firme, pero se la han trabajado. Arturo apostó por él cuando más lo necesitaba, cuando empezaba. Por ello él se mantiene fiel a su jefe, su confianza y compromiso están fuera de toda duda, y eso no se le escapa a nadie que trabaje cerca de ellos o haya compartido con ellos alguna reunión o algún viaje.

Siempre que va a subirse a un avión se acuerda de aquella biografía que leyó sobre el primer piloto que intentó cruzar el charco desde Nueva York hasta París en solitario en varias ocasiones, la primera el 21 de mayo de 1927. Un libro que le regaló la mujer de Arturo en el primer viaje que hicieron juntos él y su marido. Qué detallista. Ella y el escritor, Charles A. Lindbergh, consiguieron que le gustase volar. Ella, por el obsequio; el otro, por compartir su experiencia en esas páginas.

Siempre que embarca, lo recuerda. El libro era bastante curioso para semejante propósito, eludir el pánico a volar. Se le dibuja una medio sonrisa en el rostro. Su historia era un recordatorio de que, para alcanzar nuevas alturas, es necesario atreverse a volar solo. Pero hoy, aún con ese recuerdo en su mente, no le apetece volar. Ya no le seduce tanto como antaño estar de aquí para allá, pero Arturo se lo ha pedido casi más como un favor personal que por necesidad profesional…, y allí está, frente al aparato y su comandante, que, como de costumbre, le espera a pie de avión para darle la bienvenida a bordo.

Después del consabido saludo, ante la urgencia que llevan y el retraso que haya podido ocasionar su incorporación en el último momento al viaje, accede rápido al avión subiendo los doce escalones que lo separan de la pista del aeropuerto y de estar pronto sentado en uno de esos asientos beige que Arturo mismo eligió entre cientos de tejidos y colores.

Sabe que son doce porque justo en el sexto escalón es donde comienza la barandilla a cada lado de las escaleras, lo que facilita algo más el ingreso hasta el último peldaño con la tranquilidad de no tener que agacharte al entrar en este tipo de aviones, no como en otros en los que puedes tocar con la cabeza al entrar. No es que sea excesivamente alto ni tenga fijación por contar escalones. Solo que tiene cuidado, ya son unos años los que arrastra… De pronto ve una llamada de Arturo en su móvil.

# 17

# Inteligencia

Beatriz

*12.35*

No sabe cómo ayudar a Silvia ni cómo ayudarse a sí misma. Se siente en una encrucijada, porque Mónica no se lo está poniendo nada fácil. Necesita beber agua. Sabe que su jefa la está esperando para que le actualice la información. En efecto, ya escucha su nombre, y no el diminutivo. Así la llama cuando quiere algo conciso; su padre hace exactamente lo mismo. Se parecen más de lo que piensan en unas cosas y en otras nada tienen que ver. ¿Le ocurre a ella lo mismo con su madre? Hasta ahora ha logrado desviar la atención de su jefa, lleva así toda la mañana. Vuelve a conseguirlo, aunque cree que Mónica se está haciendo la exigente, pero le importa muy poco lo que le tenga que decir. Ha de ganar tiempo para ella también. Está valorando el siguiente paso que debe dar mientras extrae la tablet de la bolsa.

Quizá ya sea el momento de sacar a cabalgar su más que ganador caballo secreto. Esa aplicación que mezcla análisis de datos y unas cuantas ayudas más con asistencia virtual de la IA, pero en plan pro. No es cualquier cosa. Como se trata de un arma bastante poderosa, requiere de una correcta utilización. Se ha resistido durante mucho tiempo a recurrir a una de estas. Varias colegas le habían aconsejado e insistido que esa aplicación venía de perlas cuando tenían que redactar algún informe o presentar algún rendimiento de cuentas concreto o de gran volumen y no querían estar analizando los datos durante mucho tiempo, la IA lo hacía por ellas. Se introducían los parámetros necesarios y podía llegar a ser una auténtica arma de destrucción corporativa y empresarial masiva. Si encontraba algún fallo o hueco ahí, hacía magia.

Tiene que ser práctica. Ahora cuenta con poco tiempo y hay que tomar decisiones. Ahí está, frente a la pantalla encendida de su tablet, dispuesta a ponerla en marcha para esclarecer unas cuantas dudas y despejar unos cuantos frentes.

Va a empezar por el tema de los camiones parados para lo que repasará los documentos y albaranes de pago de unos meses atrás. Tendría que conseguir el registro, esas órdenes en la mayoría de los casos ya están automatizadas para que no pase lo que está sucediendo.

Necesita que alguien de Logística le consiga el registro, pero sin dar mucho el cante. Alguien que esté cerca del radar de Silvia. Ya sabe quién puede ser: Isaac, un chico muy amable que conoció al poco de llegar a Rodraprex en la cafetería de la sede. Él la informó de que disponían de varios tipos de leche para el café y desde ese momento, siempre que coincidían, intercambiaban alguna frase; incluso ella le había confiado cómo habían sido sus primeros días trabajando en una empresa gigante como esa y con tantas cosas que conocer y descubrir sobre su funcionamiento. Isaac se ofreció a enseñarle el departamento y a explicárselo. Le dio su número de teléfono para que no dudara en contactar con él en caso de duda. Muchos querían saber cómo había accedido al puesto desde fuera, ya que había sido uno de los pocos fichajes externos de la empresa para un cargo de sus características. Pero a Isaac le llamaba la atención otra cosa, que siendo tan creativa hubiese terminado trabajando en una oficina, entre tantos informes y números. A Beatriz le parecía un chico honesto y curioso, que no tenía ganas de cotillear.

En este momento decide comprobar lo sincero que había sido el ofrecimiento de Isaac. Tras un par de tonos responde.

—¿Sí?

—¿Isaac?

—Sí, ¿quién eres?

—Soy Beatriz Lozano, la asistente de Mónica Rodríguez.

—¡Beatriz! Perdona, no tenía tu número y no sabía quién eras.

—No te preocupes. Verás, no sé si sabes que llevamos una mañana un poco movidita.

En la empresa todo el mundo se entera de cuándo pasa algo novedoso, así que Beatriz va directamente al grano, no quiere que piense algo que no es. Siempre tiene cuidado con eso.

—Sí, algo he oído... ¿En qué te puedo ayudar?

Isaac también es amable por teléfono. Y discreto, porque si dice «algo» es que en realidad ha escuchado más.

—Estamos revisando unos datos de hace unos meses que tienen que ver con tu departamento.

—Silvia está con algo de eso también, ¿puede ser lo de los camiones parados?

—Exacto, Isaac. Pero te ruego que seas discreto. Si te supone un compromiso, dímelo. Me he acordado de que me dijiste que podía contar contigo si lo necesitaba...

—Y era verdad.

Beatriz no puede creer que sea tan fácil. ¿Por qué cuando algo es tan sencillo tiene la sensación de que luego alguien querrá algo a cambio?

—Vale, ¿me puedes mandar todos los registros de pagos y albaranes de transportistas de Polonia de los cinco últimos meses?

—¿De empresas directas o secundarias? ¿O todo directamente? Porque ahí voy a tardar más. Yo no llevo eso y conseguirlo me va a costar un poco.

—¿Tardarías menos si fueran menos meses o por el volumen de proveedores?

—Cuanto más acotado, mejor; por ejemplo, moverme entre los días exactos de pagos si estamos buscando un volumen concreto o por las diferentes empresas según el tipo de los materiales.

—OK, pues los dos primeros meses del semestre.

—¿Cuántas empresas?

Tras sopesar unos segundos responde:

—Por acotar, que sean las principales, ¿no?

—Hecho. Me pongo con ello.

—¡Ah!, y otra cosa, ahora que me dices lo de los materiales. Yo eso no lo controlo mucho. ¿Habría diferencia entre pagar unos con una empresa y que en otra orden de pago puedan estar sin que hayan sido cobrados? No sé si tiene mucho sentido lo que te estoy diciendo a esta escala.

—Tiene sentido, pero no es común. Por no decir que es una auténtica jugarreta.

—Ya, de momento con eso voy tirando.

No quiere entrar en suposiciones, y menos con él, porque tampoco tiene tanta confianza como para ello.

—Imagino que lo necesitas ya, ¿no?

—Sí, por favor, Isaac. Además, no nos queda mucho para despegar.

Bebe del vaso de agua que tiene al lado. Ese gesto la tranquiliza. Ya ha dado un primer paso. Espera solucionar algo pronto.

# 18

# Nubes

## Mónica

*12.35*

Como no suba ya Humberto va a volverse loca. Entre Beatriz que no para, el mal olor y todo lo que la rodea no sabe cómo va a aguantar ese viaje. Decide sentarse, acomodarse, mirar por la ventana, ponerse unos cascos y esperar. Que nadie le diga nada, que ni siguiera la rocen. Por un instante cierra los ojos. Quiere rescatar un recuerdo bonito. Lo necesita para seguir adelante.

Muchas veces le viene a la cabeza aquella mañana en Ciudad de México hace dos años. Las cortinas color beige se movían a través de las ventanas abiertas. Una brisa suave las mecía. La luz entraba e iluminaba su rostro. Seguía sintiendo en su piel la suavidad de sus caricias. En su cuerpo él había dibujado un mapa. Recuerdos y pensamientos. «Me cogía la cara con las dos manos y me miraba fijamente. Entonces sonreía. Éramos cómplices. Por primera vez me desperté a su lado. Ya llevaba tiempo fantaseando con la idea de estar así, juntos. No quería esconderme. Me encantaría encontrar una ciudad que nadie pudiese ubicar. Y pasear por sus calles sin que nadie nos reconociera o nos señalase».

En ese hotel de mala muerte era muy poco probable encontrarse con un conocido. En España todo el mundo pensaba que ella estaba trabajando en México sin descanso y que compaginaba el trabajo con lo que verdaderamente le apasionaba: la fundación. Nadie la había apoyado tanto con la organización y las ayudas como él. Tampoco nadie había mostrado tanto interés. Las personas más allegadas a ella, su padre y su marido, lo veían tan solo como un pasatiempo innecesario que se sumaba a todo lo que ya gestionaba. Le dolía sobre todo por parte de su marido, pero tampoco podía culparle por lo que estaba haciendo en aquella habitación... Sería un camino demasiado fácil.

Desde que lo vio sintió la conexión. Y esa sensación se había vuelto poderosa. No tenían voluntad para frenarlo. Se preguntaba si aquello era una excusa estúpida para no parar o un aliciente para continuar con lo prohibido. Abrazaba esa teoría día y noche, y pensaba en una salida. Él era su confidente. Se entregó a ella desde el mismo instante en que se conocieron. Desde la primera mirada se dio cuenta de que había algo más que atracción física. Les encantaba conversar. Era tal la intensidad de lo que estaba viviendo que se saboteaba repitiéndose que aquello solo podía pasar en las películas, que su vida era real y tenía que dejarse de tonterías..., pero no podía.

Solo así ella sentía que podía escapar. Solo así podía vivir la vida que había imaginado desde pequeña, esa que soñaba desde hacía años, la que nunca se había atrevido a cumplir. Llevaba una vida marcada por las obligaciones de ese imperio textil, las había heredado de su padre, y también se dejaba arrastrar por la presión social. Su existencia era un escaparate que todo el mundo miraba. Tenía una posición que mantener y además debía estar agradecida en todo momento por lo que le había tocado en suerte.

Abre los ojos. Está en ese maldito avión, rumbo a la incertidumbre. Pronto tendrá que ponerse un cinturón que se le clavará en la cintura, pero también en el pecho. Y no sabe si podrá mantener la calma y si pensará con claridad. No está siendo nada fácil.

Cierra los ojos de nuevo. Ahora le toca recordar las heridas. Por qué hace lo que hace. A veces cree que va a volverse loca. Para sí misma se cuenta su historia. No la maquilla ni se victimiza. No necesita una justificación, pero sabe sobre el dolor. Vaya si sabe. Ahora mismo se siente ajena a todo lo que está ocurriendo fuera. Mira por la ventana y ve las nubes que pronto van a surcar. Y recuerda un juego con su padre. Adivinaban a qué se parecían las nubes. Todos los sitios eran buenos para jugar; en el jardín o cuando viajaban en el coche y ella se sentaba detrás mientras su padre la miraba por el retrovisor.

«Qué lejos quedan esos días. Cuántas hojas de calendario he pasado ya. El tiempo todo lo desvanece y difumina. Sí, de pequeña lo admiraba tanto, pero ahora apenas puedo mirarlo o mantener una conversación con él. Y, es verdad, eso me pone triste».

Había admirado tanto a su padre, todo lo que había conseguido y logrado mantener, los valores de esfuerzo y sacrificio que siempre le inculcó. Pero todo cambió cuando su madre enfermó, porque se dio cuenta de que esos principios no los aplicó para luchar contra la enfermedad.

Aquella situación los cambió a todos. A su padre el primero. Como vio que no podía hacer nada para dominar ni revertir la enfermedad, prefirió apartarse. No abandonó a su suerte a su madre, pero no le sostuvo la mano todo lo que a ella le hubiese gustado. Él siempre estaba trabajando. Nunca paró. El trabajo fue su refugio. Quería superar esa situación, sobreponerse ante las dificultades y salir más fuerte… Pero fue todo lo contrario. Ni se sobrepuso ni salió más fuerte. Y eso a Mónica la decepcionó. Como si le hubieran dado un mazazo que le hubiera hecho perder algo dentro de sí misma. De golpe, esa admiración se vio difuminada como esas nubes que mira ahora. Se separaron física y mentalmente. Tenían ideas y puntos de vista diferentes para el negocio. Todo se tornó más frío. Sí, su madre estuvo en el mejor hospital y la atendió un equipo médico especializado, como si eso la fuese a salvar. Se podría decir que estuvo clínicamente acompañada, pero él no estuvo a su lado. Luego ocurrió lo de su hermano pequeño. Aquello terminó de romperla.

Se remueve en el asiento. No le apetece recordar eso. No puede. Vuelve otra vez a su padre. Siente que cuanto más se involucra en la empresa y en todo lo relacionado con Rodraprex más se aleja de su padre y de ella misma. Mira de nuevo las nubes. Qué tristeza la asola. Siente frío y se estremece. No quiere seguir pensando en él.

De pronto escucha unos pasos acelerados. El pasajero al que estaban esperando ha llegado. Por fin Humberto se deja ver. Acaba de entrar en el avión y habla acaloradamente por el móvil. Parece que ya va a ser posible despegar.

# 19

# Despegue

## Ignacio

*12.40*

Todos embarcados. Ignacio está esperando a que María le indique que la cabina está asegurada. Javier aguarda las instrucciones pertinentes. Apenas hay tráfico en las pistas. Están prácticamente listos para llevar a cabo el despegue cuando la azafata entra apurada para comunicarle otra cosa.

—No sé qué pasa, Ignacio, pero no puedo cerrar la puerta de pasajeros.

El comandante se ríe ante el agobio de María, conoce su afán de perfeccionismo.

—¡Nos vamos a tener que quedar en tierra! —bromea.

Javier no sabe si reír ante las palabras de su superior o quedarse impasible en su puesto hasta próxima orden. El comandante va a ajustar la puerta. La abre del todo y despliega la escalera. Revisa la estructura y también dónde encajan los salientes.

—No veo nada que impida que se cierre bien.

María respira tranquila, le preocupaba que fuese una avería.

—¡Te han fallado las fuerzas! —Ignacio le toma el pelo. Es importante comenzar un vuelo sin tensiones.

—A lo mejor se ha atrancado con algo. Voy a intentar cerrarla ahora.

Ignacio sube de nuevo las escalerillas, que se recogen de manera automática. Agarra el tirador y tira con impulso. Consigue cerrarla sin problema.

—Ya está. El caso es empezar con emoción desde el minuto cero... No obstante, al llegar hablaré con los de mantenimiento en Bruselas para que lo revisen. Como pueden abrir la puerta desde fuera y hacer las revisiones necesarias, no tendremos que esperarlos ni estar delante, podremos bajar del avión, estirar las piernas y despejarnos un rato.

—Nunca me ha gustado eso. Sé que es cómodo, pero no me quedo tranquila. No suelo dejarme nada en el avión cuando termino un trayecto, porque nunca se sabe quién puede subir. A pesar de la seguridad que hay en los aeropuertos, me provoca cierta incertidumbre saber que cualquiera puede entrar, que no se necesita una llave o un código, ¿no te ocurre lo mismo?

—María, por favor, qué desconfiada eres. Además, echo la llave cuando nos vamos, solo está abierto cuando nosotros estamos a bordo. Imagina que tenemos un accidente y tienen que entrar los bomberos..., o que se rompe la palanca de dentro... En casos así, desde fuera también podrían abrir.

Ahora sí. El procedimiento puede continuar. Puerta cerrada. María le indica a Ignacio que la cabina está asegurada. Este pide a Javier que ponga la *checklist* en la pantalla para hacer el *system check*. Todas las comprobaciones se tienen que llevar a cabo. Nada puede fallar. En la pantalla situada en el medio de los dos se muestra la *checklist* sobre el fondo negro de esta y la mayoría de los caracteres que en ella aparecen son en blanco y verde para contrastar mejor la información. Ahí disponen de los datos necesarios para arrancar los motores de la aeronave. Tras una selección del *summary*, entre *normal, non normal, procedure* y FCTN, realizan el *system check*. Ignacio le pide a su copiloto que haga las últimas comprobaciones mientras hace el *briefing* de la salida, en el que especifica la ruta que llevarán tras el despegue, quién tendrá el control de la aeronave y quién se encargará de las comunicaciones, tanto si se realiza el despegue según lo planeado como si surge cualquier incidente o emergencia. Por eso, Ignacio le pregunta por las emergencias y comprueba que este sabe lo que hay que hacer en los diferentes casos que puedan darse. Conoce el procedimiento a la perfección y así lo hace ver rápidamente enumerando los pasos ordenada y concisamente.

—Muy bien, Javier, por favor, pide *clearance* y puesta en marcha a la torre. —Se refiere a la torre de control del aeropuerto de Santiago.

Javier mantiene pulsado el botón de comunicaciones y a través de los cascos y el micrófono que lleva incorporado al lado de la boca inicia la conversación:

—Santiago, buenos días, Rodraprex, uno cero uno, listos para copiar *clearance* y puesta en marcha.

Esperan la respuesta para que los informen de si todo está despejado y dispuesto para que puedan despegar. Transcurridos apenas unos segundos, recibe la contestación:

—RPX, buenos días, con indicativo Rodraprex uno cero uno, autorizado plan de vuelo Santiago-Eco Bravo Bravo Romeo (EBBR), vía KORAB 3 Bravo, *runway* tres cinco, ascienda nivel de vuelo 150 y transponda 3536, QNH 1019. Autorizado para puesta en marcha. Llámame, listo para rodar.

El copiloto repite los datos de la comunicación. Ignacio le pide a Javier la *before start checklist* para poder poner en marcha; una vez que la tiene, arrancan los motores. En marcha, solicita la *after start checklist* y que llame de nuevo porque ya están listos para rodaje.

—Santiago, Rodraprex, listo para rodar.

—Rodraprex, ruede a su derecha yankie, golf tres, derecha en tango hasta corto de la pista tres cinco.

Ignacio indica a su copiloto la *taxi checklist* y que ponga el *nose wheel steering*. De esta manera se activa el sistema para permitir el movimiento a la rueda del morro y dirigir el avión durante la operación en tierra para el despegue. Mientras Javier termina con la *taxi checklist*, Ignacio comienza a rodar.

—Confírmame que está libre la derecha —le pide mientras él mismo se inclina hacia delante para mirar por su ventanilla izquierda y comprobar que nadie o ninguna otra aeronave está intercediendo en su camino hasta el corto de pista donde deben avanzar para situarse alineados al despegue de la pista tres cinco.

—Derecha libre —afirma Javier mientras realiza el mismo movimiento de cabeza que él, pero por el lado contrario.

Sin que Ignacio se lo pregunte, en un gesto de antelación y que denota preparación y conocimiento, como requiere el procedimiento, el copiloto inicia el *take off check* y comprueba las calles de rodaje al mismo tiempo. Ignacio está atento a sus movimientos, pero también presta atención a sus palabras mientras se concentra en el desplazamiento del avión hasta llegar al corto de pista donde deben pararse de nuevo. Una vez se sitúan, le sigue dando las instrucciones pertinentes.

—Dile que estamos listos.

—Santiago, corto de pista tres cinco y totalmente listos.

Javier no repite las indicaciones, pues son los únicos con los que están teniendo comunicación ahora mismo en pista.

—Rodraprex, pasen con torre en 118,755. Buen vuelo.

Javier cambia a la frecuencia de la torre de control e inicia una conversación con ellos.

—Santiago Torre. —Ignacio sigue atentamente a su copiloto, ahora sí que tiene que repetir todo al completo—. Rodraprex, uno cero uno, corto de pista tres cinco y totalmente listos.

—Rodraprex, uno cero uno, viento cero diez, diez nudos, autorizados a despegar.

Javier repite de nuevo el mensaje de vuelta e Ignacio le pide además que confirme que la *take off checklist* está terminada.

Una vez entrando en pista y con todo listo, Ignacio se comunica con sus pasajeros seleccionando el PA, el sistema de anuncios a pasajeros, para informarlos de que ya están listos para salir.

—Estamos autorizados a entrar en pista y despegar, no tenemos apenas viento y sin tráfico a la vista. Les deseo un buen vuelo. —Corta la comunicación y mira a Javier—. Vamos a ello. *Check thrust*...

Sube la palanca de gases y el *autothrottle* se engancha y se hace cargo de esta.

—*Airspeed alive*.

Comienza a subir la velocidad y siente que la aeronave avanza cada vez más rápida con apenas vibraciones y una suavidad que contrasta con el movimiento de los objetos en el exterior a medida que se desplazan por la pista. Javier, con la mirada fija en el frente al igual que Ignacio, añade:

—*Thrust set*.

La potencia de los motores ha llegado a la esperada.

—*Eighty*...

—... *check*.

Ignacio ha puesto especial atención mientras ha pronunciado *eighty*, pendiente de la respuesta recibida. Es una llamada necesaria para comprobar que los miembros de la tripulación siguen OK y no han sufrido un desvanecimiento o algún tipo de incapacitación. Si alguno no hace esta llamada, ya sea el *eighty* o el *check*, se tendría que volver a repetir y de no haber una respuesta se abortaría el despegue.

—V1, *rotate* —indica Javier.

En ese momento Ignacio quita la mano de la palanca de gases y comienza a llevar el avión al aire mientras escucha a su compañero.

—*Positive climb*...

—*Gear up* —ordena así a Javier que suba el tren de aterrizaje, y añade—: *Flap one, flap zero*.

Una vez los *flaps* están totalmente retraídos, algo que sucede rápido en un avión de estas características, se modifica la estabilidad de la aeronave en un sutil movimiento de morro ante la diferencia de resistencia, que se corrige sin mayor complicación. Solo entonces Ignacio le pide a su copiloto que haga otra comprobación, esta vez la de después de haber despegado, la *after take off checklist*.

Ya pueden respirar por un instante. Están en el aire.

# IV

# De cacería

# 20

## Establecimiento fantasma

### Lupe

*Minutos antes del despegue*

—Eugenio, dime que estás ya en la oficina, por favor.

Lupe está deseando poder hablar con su colega mexicano y tener una fructífera conversación.

—Estoy en la camioneta, Lupe, ando manejando. Estoy llevando a los chavos todo lo rápido que puedo, pero aún me voy a tardar tantito, ¿sí?

—Cuanto antes miremos eso, antes salimos de dudas, Eugenio, por favor.

—Ya sé, ya sé. De Lomas hasta donde puedo dejarlos hay un cacho, pero andamos bien parados acá y eso que sa…

—Está bien, Eugenio, cuando estés, llámame.

Lupe no tiene tiempo de más explicaciones, tenía la esperanza de que ya hubiese llegado a la oficina, pero entiende que todavía es temprano allí.

¿Qué puede hacer? No quiere esperar. Miguel es su esperanza, no quiere agobiarle. En este caso no hay diferencia horaria, pero su carácter es otro.

Confía en que no se lo tome a mal y que entienda que es verdaderamente importante. Le va a insistir en que tiene que llevar algo a Ramiro y mover ficha. Ya ha pasado un buen rato y quizá haya encontrado algo. Marca la extensión de su colega. Un tono, dos tonos y descuelga, pero no oye su voz. ¿Habrá descolgado únicamente la llamada y se ha dejado el teléfono sobre el escritorio?

—¿Miguel?

—Dime, Lupe.

—Miguel, hace un rato que te pedí lo de México. ¿Has podid…?

—Lupe, si no te he llamado, por algo será, ¿no crees? —Con ese tono deja entrever algo que no le gusta nada…

—Ni se te ocurra colgar, Miguel. Necesito algo ya. Lo que sea —le implora.

—Tengo algo —le dice, escueto.

—¿Sí?

—Pero no sé exactamente lo que significa y no te voy a decir nada que sea un contrasentido o que no entienda.

—Miguel, no estamos para dilucidar ni desarrollar teorías conspiratorias. Solo dame algún dato que no te cuadre o te llame la atención, y yo se lo digo a Ramiro.

Miguel guarda silencio unos cuantos segundos que se antojan eternos. No se escucha ningún ruido que dé lugar a entender que hay alguien al otro lado de la línea. Parece que está sopesando si comparte su duda con ella o no. Por fin se decide:

—Hay una apertura en Mérida.

—¿Y eso qué tiene de especial?

—Que ya hay un establecimiento en Mérida.

—¿Qué quieres decir con eso?

—Verás, Lupe, si figura como apertura, suele ir acompañado de datos de la zona y, si hubiera algún otro local ya abierto, tendría que ir con el estudio correspondiente a una ampliación o progreso de este que mejore sustancialmente el rendimiento actual. En resumen, no hay nada de eso. Ningún registro de ese tipo. Es una apertura fantasma que no se ha llevado a cabo y sí figura como hecha. Con el presupuesto que requiere dirigido a ello y todas sus cositas.

Sigue otro silencio. Es Lupe quien tiene que ver si esa información le vale y verificar que no es ningún fallo de algún generador de posibles escenarios que llevar a cabo, de alguna simulación de expansión por parte de este Departamento de Riesgos. Lupe está valorando precisamente eso. Aunque, si fuese así, no tendría sentido que estuviese moviéndose dinero para ello.

—¿De qué presupuesto estamos hablando? —pregunta ella por si hay algo que descuadre o sea sustancialmente diferente a lo establecido para estos casos.

—Eso no me llama la atención. Entre las diferentes partidas figura un total bastante normalito. A ver, espera, que lo busco. —Lupe escucha cómo teclea en el ordenador—. Sí, aquí, que lo he visto antes. Son 1.2… Ya sabes que en este tipo de situaciones los presupuestos suelen ir desde los quinientos mil a millón y medio. Al menos en la mayoría de los que estoy supervisando de Europa es así —dice esto último con un tono de urgencia por colgar.

—Vale, Miguel, muchas gracias. ¿Puedes mirar si ha sido algo aislado o es una operación que se repite?

—Lupe, llevo una hora solo con establecimientos de Inglaterra. Habla con los de allí. Ramiro no solo espera soluciones de ti. —Y cuelga la llamada sin darle opción a replicar.

«¡Qué carácter!», piensa Lupe. Todavía tiene el teléfono en la mano y escucha el pitido intermitente que indica que la llamada ha terminado. Sabe que es una proeza que haya sacado tiempo para mirar su petición con todo lo que le ha pedido Ramiro que busque. No va a enfadarse por que le haya colgado, aunque tampoco entiende que después de lo que le ha soltado la plante así, sin más. En fin. Tiene que ponerse manos a la obra. Pero ¿qué es lo que tiene entre manos?

Si es un movimiento intencionado no es cualquier cosa. Qué ganas tiene de que Eugenio pise de una vez la filial mexicana y la llame. Tiene que compartir esto con él y que se ponga a buscar inmediatamente lo de Mérida.

No puede pasar esa información a Ramiro sin contrastar con Eugenio a qué se debe ese registro. Cree que puede mencionárselo a su colega mexicano de tal manera que no piense que tiene que ver con él o con una mala gestión de alguien de su departamento. No obstante, le parece extraño que se le haya podido pasar algo así. Abren establecimientos cada poco tiempo y no es algo extraordinario, pero en esas condiciones... No entiende, algo se le escapa.

Tiene ganas de ir al baño, pero para eso tiene que pasar por delante del despacho de Ramiro. Hace bastante rato que no le pide nada, pero no quiere tentar a la suerte. Ha visto cómo ha salido Silvia con cara de no saber dónde meterse. No sabe si está de peor humor que cuando han hablado, pero todavía no la ha llamado después de su reunión con Silvia... No, mejor no tentar a la suerte. Lo conoce. Ahora debe de estar pensando cuál será el siguiente paso o golpe, como le gusta decir a él. No, no va a ser ella quien le desconcentre. Prefiere aguantarse, no le apetece hacer malabarismos para que no la vea o que la pare y le pida respuestas.

En todo caso, es ella la que debe seguir indagando y entender qué es lo que tiene entre manos.

# 21

## Una traición más

### Lupe

No ha pasado mucho rato, y ahí sigue Lupe rompiéndose la cabeza. Ha de tomar una decisión. Es cierto, el tiempo apenas ha corrido, pero sí tiene más cosas entre manos y debe calcular bien el siguiente golpe, si hablar con su jefe ahora o aún no. Eugenio la ha llamado más pronto de lo que esperaba. El «ahoritita» ha sido real. Su colega mexicano tenía un humor de perros, no entendía qué podía correr tanta prisa cuando para él todo estaba bajo control. Menuda manera de empezar la jornada..., mucho antes de tiempo. Ella enseguida le ha facilitado lo que quería que buscase: los datos de la apertura de Mérida. Y este le ha confirmado que allí no hay nada abierto aún, y menos por una cuantía así. Eso ha sido suficiente para Lupe. Cuelga a Eugenio, que queda preocupado, puesto que no entiende qué es lo que ha podido suceder. Le ha dejado tarea. ¿Para qué es ese dinero?

Lupe está casi segura de que Eugenio desconoce lo que ha ocurrido allí, su reacción le ha resultado creíble. Por otra parte, ella empieza a tener una ligera sospecha. Como secretaria muchas cosas pasan por sus manos, es testigo de infinidad de conversaciones y disputas, se le pide buscar determinada información... Sí, es un puesto de mujer invisible, que soluciona rotos y descosidos, pero a lo tonto maneja información privilegiada. Y sabe que México ha sido siempre una patata caliente entre Ramiro, su jefe, y Mónica, la hija de Arturo.

Mónica ha luchado como una leona por poner en marcha la fundación de Rodraprex, y Lupe sabe que no lo ha tenido fácil ni ha recibido apoyo alguno. Mónica siempre tuvo claro que el corazón de la fundación estaría en México, pues allí se podrían desarrollar muchos de los proyectos sociales para luego extenderlos por Latinoamérica. Lupe cree que Arturo se ha confundido, nunca ha visto qué ventajas podría acarrearle la fundación. Recuerda varias reuniones muy subidas de tono en las que ella tomó nota. Por supuesto, su jefe, Ramiro, ha sido uno de los que más se ha burlado de la propuesta de Mónica. Todo aquello que no dé beneficios económicos inmediatos le parece una gilipollez. A él los temas de imagen de empresa y demás le importan poco. Él es bueno en su trabajo; beneficios y más beneficios, aunque haya que cortar cabezas o lidiar con todo tipo de obstáculos. Así que ha visto cómo Mónica se ha quedado totalmente sola ante la indiferencia de su padre y el escarnio continuo de Ramiro. Y ¿si la cosa va por ahí? Y ¿si ese dinero va destinado en realidad a la fundación? Tal vez Mónica esté tratando de ponerla en pie, aunque no encuentre apoyos en la empresa, y está buscando todas las alternativas posibles para salirse con la suya y demostrar que el proyecto merece la pena. Si esto fuese así, su jefe aplastaría a Mónica sin piedad.

Lupe necesita algún tipo de confirmación antes de arriesgarse a dar cualquier paso. Haga lo que haga, sabe que va a haber daños colaterales, pero de momento tiene que saber qué hacer. Respira hondo y llama de nuevo a Miguel. Este descuelga y contesta de muy malos modos:

—Joder, Lupe, ¿no te rindes? Que no puedo hacer más..., ¿cómo quieres que te lo diga?

—Miguel, cuidado con el tono que empleas. No llevas tanto en la empresa y puedo poner una queja, así que cálmate. No voy a entretenerte mucho.

Miguel gruñe ante la amenaza de Lupe.

—Venga, qué quieres.

—Solo que me ayudes un poco más con la información que me has dado antes. ¿Sería descabellado que ese presupuesto de apertura se hubiese desviado, en realidad, a otro proyecto?

Miguel teclea sin parar, pero empieza a toser nervioso.

—También le has dado vueltas, ¿verdad? —le pregunta directa Lupe.

—Sí, tienes razón. Se ha podido desviar para otro proyecto. Así se van tapando agujeros y luego se van arreglando y ajustando los presupuestos —contesta Miguel de mala gana.

—¿Podría ser para sacar adelante la fundación?

Miguel deja de teclear. Tarda en contestar.

—Podría ser…, Lupe, hay que decírselo a Ramiro ya. Con unas cuantas comprobaciones, lo tendríamos. Tengo que hablar con él por lo de Europa y puedo adelantárselo.

—No hace falta —intuye que él quiere ganarse el tanto—, sigue completando los datos que te ha pedido Ramiro…

—Venga ya, Lupe, Ramiro está esperando mis noticias…

—Miguel, está esperando tus noticias de Europa. Ya te he dicho que llevo más en la empresa que tú, que sé gestionar estas informaciones y que soy yo la que se lo va a decir. Mantente callado, por tu bien. Yo le informo.

Y cuelga. Lupe sabe que la patata está en sus manos. No va a decírselo a Ramiro porque está convencida de que este va a utilizar esa información para destronar a Mónica, está segura. Si se lo dice a su padre, él hará todo con más discreción, es su hija. Además, Arturo, para premiar su fidelidad a la empresa, la puso a trabajar junto a Ramiro para que lo controlara. Por otra parte piensa que lo mismo Arturo se plantea lo de la fundación. Ahí Lupe cree que Mónica no se está equivocando, que le vendría muy bien a Rodraprex una buena fundación que sacara adelante buenos proyectos sociales, de este modo no solo ganarían en imagen, sino que también les granjearía beneficios, amén de ser vistos como adalides de la ética.

Cada vez lo tiene más claro: debe hablar con Arturo. Duda si esperar a que Eugenio le arroje más luz y le confirme el desvío, aunque se arriesga a que su compañero mexicano decida, como iba a hacer Miguel, adelantarse y darle la información a Ramiro.

De pronto a Lupe se le enciende otra luz. Ramiro está especializado en dinamitar las empresas para que estas terminen solo ocupándose de los beneficios y quitándose a trabajadores o jefes molestos. Y ¿si todo esto lo estuviese haciendo él para deshacerse de Mónica? Tal vez su jefe los esté utilizando a unos y a otros para levantar la liebre porque Arturo no termina de mostrar apoyo a la causa que abandera su hija, y menos aún sin que pase por él… Cada vez ve más claro que debe contárselo a Arturo, aunque su traición pueda perjudicar a Eugenio y a Miguel. Y ella… Ella cuenta con la protección de Arturo. Al final todo puede quedar en un asunto que dirimir entre padre e hija, pero Ramiro sacará su zarpa de lobo.

No puede esperar más tiempo. Ella es de las pocas personas dentro de la empresa que tiene línea directa con él y va a ejercer su privilegio. Coge el teléfono y llama:

—Arturo, ¿tienes un momento? Tengo algo que contarte.

# 22

# Jugar con fuego

## Ramiro

Ramiro está pendiente de recibir la llamada de Miguel, que le consta que está trabajando a destajo. Piensa en Lupe, que cumple como la que más. Ha demostrado en todo momento que es una secretaria eficaz. Va a por todas. Sabe que tiene a Mónica bien pillada y, antes de que llegue a Bruselas, se la puede quitar de en medio. Jaque mate. Pronto estará en lo más alto y él será el presidente de la empresa. El verdadero brazo ejecutor sin necesitar el permiso de Arturo. Solo le falta atar bien todos los cabos. La reina siempre es difícil de batir.

Suena el móvil. Ve que es Arturo. Qué diablos querrá. Quería darle la sorpresa y se ha adelantado. Coge el teléfono y responde.

—Ramiro, ¡estás jugando con fuego! ¿Qué creías, que no me iba a enterar? No puedes mover hilos sin que yo me entere..., a mí no me hagas eso —suelta Arturo a voz en grito.

Ramiro está desconcertado, no entiende a qué vienen los gritos ni a qué se refiere. No le gusta esa sensación, porque él siempre suele tener todo bajo control.

—¿Qué coño estás haciendo en México? Ramiro, te estás equivocando. Te quieres cargar a mi hija de muy malas maneras y no te lo voy a permitir.

—No sé de qué me estás hablando, Arturo. Aquí la única que debe tener mucho cuidado es Mónica y estoy intentando, para hacerte el menos daño posible, dejarte las cosas muy claras para que te des cuenta de lo que está pasando.

Arturo se queda callado.

—Ramiro, te lo repito, te estás equivocando.

—Dime por qué estás tan enfadado y qué es lo que sabes.

Arturo se ríe.

—¿Me vas a decir que no estás desviando dinero en México para que parezca que va a la fundación? Sé que sabes jugar sucio, Ramiro.

Ramiro se está cabreando por momentos. Los únicos al tanto de que estaba moviendo hilos para sacar algo a Mónica en México eran su secretaria, Lupe, y Eugenio. ¿Qué es lo que se ha perdido?

—Arturo, ¿quién te ha llamado?

—¿Te crees que me chupo el dedo? Saca tú tus propias conclusiones.

—Me diste el puesto en esta empresa para algo. No para estar jugando a las adivinanzas como chiquillos en un patio de colegio, ¿o no?

Tiene que hacerle razonar. Luego pensará en quién ha podido traicionarle. Aunque en un principio se ha sorprendido, ahora vuelve a tomar las riendas. El perro viejo está rabioso. Ramiro sabe que Arturo primero va a proteger a su hija ante todo, a no ser que le dé todo muy bien atado. Solo entonces podrá seguir adelante y conseguir el puesto que más desea. De momento, va a sembrar las dudas y a desbaratar el razonamiento del viejo.

—No, no te chupas el dedo, pero también eres un padre intentando proteger a su hija. Sabes que más tarde o más temprano se va a saber que ha metido la pata hasta el fondo en Europa. Lo de la fundación le ha hecho perder el norte y también lo está haciendo muy mal en México. Se le ha juntado todo...

—No me toques las narices, Ramiro. Tú también estás con aquello. Sabes que allí hay mucha más gaita que aquí. ¿Quién me dice que no has estado maquinando todo esto con alguien de allá para que te deba unos cuantos favores? ¿Cómo se llama el que lleva todo el tema de cuentas? Sí, ¿Eugenio? ¿Quién me dice que no estás trabajando con él? ¿Eh? Nos conocemos, por eso te contraté, sí..., porque para ciertas cosas me viene muy bien alguien sin escrúpulos como tú.

Ramiro se está poniendo de muy mal humor. Si Arturo sospecha de Eugenio, entonces no hay duda de que quien le ha llamado dándole cierta información ha sido Lupe. Tiene que calmarle.

—Por favor, Arturo, sé razonable. Entiendo que la reunión de esta mañana nos ha hecho perder los estribos a todos. Tenemos que saber qué ha ocurrido. Y, lo siento, la última responsable puede ser tu hija. Tienes razón en algo. Lo de las cuentas de México es mi responsabilidad y no me he dado cuenta de ese desvío hasta que no me lo has dicho tú. —«Maldita sea», razona rápido y cabreado, «tendría que haberme dado cuenta antes de que Mónica iba a mover piezas allí para frenarme»—. Sí, me pusiste al cargo de todo lo que se cocía en Latinoamérica porque queremos dar allí el pelotazo y que los beneficios de Rodraprex sean estratosféricos..., y en ello estoy. Por otra parte, pensaba que a Mónica le había quedado claro que no tenía el apoyo de la empresa para seguir adelante con la fundación..., al menos delante de mí, claro.

—Ramiro, haz el favor de ir al grano.

—Yo no puedo desviar ese dinero a ninguna fundación, porque, además de que sabes que me trae al fresco, por ahí no podría atacar a Mónica, ella es la única que gestiona lo poco que hay en pie. Está sola ahí, en ese proyecto. Tampoco quiero ganarme favores de allí, aquello no me interesa más que Turquía.

Arturo se queda en silencio. Ramiro sonríe, sabedor de que ha dado en la diana. Aunque está seguro de que su jefe va a agotar todas las vías antes de señalar directamente a su hija. Y le suelta algo que le cabrea, pero que en cierta manera consideraba inevitable.

—Ramiro, esta conversación se queda entre tú y yo. No me has convencido todavía, porque no me entra en la cabeza que Mónica, en vez de pedirme a mí ese dinero, haya preferido desviarlo. Sabe que no veo lo de la fundación, pero la hubiese escuchado... —Aquí Ramiro nota que a Arturo le falta un poco el aire—. Voy a seguir indagando. De hecho, Humberto va a ir a Bruselas con Mónica, debe de estar ya prácticamente subido en el avión. —Ramiro frunce el ceño, ya sabía que a Humberto no se lo iba a poder quitar de en medio así como así en todo esto—. Le voy a llamar para contarle por encima lo de México y le pediré que la presione, que haga que Mónica hable, que le cuente qué demonios tiene dentro de la cabeza.

—Arturo, tu hija ha metido la pata. Y te lo voy a demostrar. —Ramiro no puede evitar quedar por encima, como el aceite.

El gran jefe permanece en silencio un momento.

—Ramiro, haz el favor de averiguar qué narices está pasando en Europa y qué coño ocurre en México. Pero, te lo advierto, no hagas ni un solo movimiento sin que yo me entere. ¿Me oyes?

—Sí, Arturo. Eso estoy haciendo y pronto te podré enviar archivos...

—Quiero datos concretos. Sabes el día que tengo hoy de reuniones, no puedo estar mirando archivos en el teléfono. Llámame cuando averigües cualquier cosa importante. No quiero conjeturas, solo las certezas. Te cuelgo, voy a llamar a Humberto. Y no te olvides, Ramiro, no muerdas mi mano...

Ramiro da un golpe fuerte en la mesa. De momento, le ha toreado, pero todo se ha complicado y su meta se ha alejado unos metros. Ahora da vueltas a una cosa. ¿Por qué Lupe se la ha jugado de esa manera? Arturo ha hecho algo muy bien con los empleados de toda la vida: se ha ganado su lealtad, y él ha menospreciado también a Lupe, como a casi todos en la empresa. Había creído que su secretaria le informaría de inmediato de cualquier cosa de ese calibre que averiguase, y, claro, no ha sido así. No está seguro de si en verdad le ha traicionado, pero por ahora no desea corroborarlo con ella. De momento, con Arturo pisándole los talones, no va a poder tocarla ni un pelo, y ella lo sabe. Decide llamar a Miguel para ver qué tal va con lo de Europa. Lo coge al primer tono.

—Ramiro, déjame unos minutos más. Estoy comprobando todo lo de Europa y pronto te podré decir algo más concreto. Ya sabrás por Lupe lo de México, me pidió que buscase porque no localizaba todavía a Eugenio y…

Ahí tiene la traición. Le corta rápido, sin explicaciones. La información es poder…

—Miguel, no tardes, me urge. Llámame en cuanto puedas…

Golpea de nuevo la mesa. Es de primero de empresa privada, nunca hay que fiarse de nadie. No va a desesperarse, cada vez está más cerca del puesto de Mónica. No es una tarea fácil, pero no le asusta moverse en la jungla. Cuando llegue a la cima, tiene claro que su primer paso va a ser elegir un equipo totalmente nuevo que se ajuste a sus reglas y sus métodos.

# 23

# Un duro golpe

## Humberto

*12.45*

Humberto mira a Mónica. Acaban de despegar. Sabe que no debe demorar más la conversación que tienen pendiente bajo petición expresa de Arturo. Es una mujer especial. La conoce desde que era una niña. Adela siempre lo decía: «Mónica es fuerte, pero se calla todo. En cambio, Alejandro, que parece tan comunicativo, que no para de hablar, que cae tan bien a todo el mundo..., es mucho más débil, Humberto. Lo único que me preocupa de Mónica es el día que estalle como una olla exprés, porque ese día nadie podrá pararle los pies. Solo deseo que mis dos niños sean felices, pero la vida es complicada, ¿verdad, Humberto?». Adela los conocía bien a todos y los mantenía unidos. El abogado es consciente de que la familia Rodríguez se rompió en pedazos cuando Adela los dejó. A él también le afectó, porque siempre fue una buena amiga. Trató de estar con ellos, no como abogado, sino como Humberto, como el amigo..., pero poco pudo hacer. Cada uno trató de llevar el duelo como pudo, Alejandro lo pagó muy caro. Arturo, gracias a la empresa, se fue recuperando; el trabajo era su terapia. Y Mónica optó por el silencio.

Humberto la observa. Está preocupado. «Mónica, ¿qué has hecho? ¿Has metido la pata? ¿Te quieren quitar de en medio?». Suspira, es difícil hablar con ella. Arturo está preocupado, le ha llamado muy enfadado antes de subir al avión, como hacía tiempo que no le escuchaba. Le ha pedido que hable con ella durante el vuelo, que él ya no puede más. Le ha explicado que le han llamado para informarle de que han detectado unos fallos en el presupuesto de una apertura en Mérida. Luego, sin venir a cuento, le ha preguntado si sabe algo de cómo van los avances de la fundación, que Mónica ya no le cuenta nada. Ay, la fundación. Si hacían falta más roces entre padre e hija, ese proyecto estaba abriendo la brecha como nunca. Reconoce que es el proyecto en el que más implicada ha sentido a Mónica, pero lo tiene difícil. Al primero que tiene que convencer es a su padre. Siempre se lo ha dicho a Arturo, tiene que invertir más en imagen corporativa, pero no hay manera de que lo vea. Y él en este asunto está entre dos aguas. Nada nuevo bajo el sol.

¿Qué le está pasando a Mónica? ¿Una cagada tan gorda en Europa y ahora resulta que también ha podido meter la pata en su feudo, en México? Algo se le está escapando. Se pellizca en el brazo, cómo no se le ha ocurrido antes. No hablará con ella hasta conversar con otra persona, la persona que conoce todos los secretos de la silenciosa Mónica, la que siempre se mantuvo a su lado hasta que se marchó de manera repentina. Arturo nunca pudo entender qué le llevó a tomar una decisión tan drástica como aquella. Tiene que llamar ya a Maite. Y lo hace, pero esta no coge el teléfono. Le da mucha rabia, porque tal vez solo ella pueda darle información rápida y certera sobre los últimos movimientos de Mónica y aclararles las ideas de ese ejercicio que tienen que presentar en Bruselas... ¿Sabrá algo de qué pasa con las cuentas y por qué han parado los camiones en Polonia? ¿Sabrá qué está ocurriendo en México? Vuelve a insistir, pero al otro lado de la línea nadie responde. Desde que Maite se fue de la empresa no ha vuelto a saber nada sobre ella.

Mira a la chica nueva, a Beatriz, ¡menuda jornada le ha caído encima! Ahora sí que es la hora de la verdad. Hoy sí que podrán ver su valía. De momento, la pobre no está actuando nada mal, pero no le va a dar la información que necesita. Vuelve a llamar. A la tercera va la vencida. Y ahora le sale el maldito mensaje de apagado o fuera de cobertura. No va a tener más remedio que hablar con Mónica directamente, aunque tan solo le ha dado tiempo a mirar por encima el famoso informe de la reunión de esa mañana a las once. No lo mostrará ni lo reconocerá, pero está bastante perdido y cansado. Ha sentido eso mismo por parte de Arturo. Pero no tienen tiempo para debilidades, en plazas más complicadas han estado. Sí, los dos van a salir de esta, como siempre. Toma el toro por los cuernos. Se acerca a Mónica.

—¿Me dejas que me siente a tu lado?

La hija de Arturo se quita los cascos y hace un gesto con la mano para que tome asiento.

—Mónica, ¿qué pasa? ¿Por qué no tengo en mis manos todos los datos y las explicaciones por tu parte sobre a lo que nos enfrentamos hoy en Bruselas? ¿Por qué solo tengo el informe de la reunión? Cuéntame. Vamos a tener que trabajar juntos para que todo vaya bien.

—Qué pasa, que mi padre no cree que sea capaz de defenderme solita y tú tampoco, ¿verdad? Lo de siempre. Por una vez que no me encargo de unos datos, que no estoy pendiente de unas cuentas y de una ruta concreta, ya tengo toda la culpa, ¿no? ¿No ha podido ser una metedura de pata de uno de nuestros proveedores? Todos habéis pensado que yo soy la responsable. Ya siento a los tiburones al acecho. Mira, Humberto, me apetece muy poco esta conversación…, y contigo menos.

—Mónica, pues esta vez no vas a poder evitarme. La cosa es mucho peor de lo que te imaginas. También hay irregularidades en unos presupuestos de Mérida. Y todo el mundo sabe que tú estás volcada en México…

Mónica lo mira con decepción, incómoda. Cierra los ojos. Y le interrumpe de golpe.

—Nunca me has apoyado. Nunca has creído en ninguno de mis proyectos. Jamás has llevado la contraria a mi padre y me has dado la razón. Siempre me has dejado sola, en todo. Ahora das por hecho que quien ha ejecutado mal las cosas he sido yo. ¿Para qué quieres hablar? No sirve de nada. No tengo nada que decirte ni qué contarte.

Humberto no esperaba que la conversación fuese a ir por ahí. Continúa lo más calmado que puede para tratar de rebajar los ánimos de ella.

—Mónica, no estás siendo justa. Yo estoy para ayudar a la familia. Tienes que entender que llevo aquí desde que tu padre puso esto en pie y que velo por los intereses de cada uno de vosotros…

Ella niega con la cabeza. Él no desiste.

—Sabes que siempre he estado ahí. Con lo de tu madre también… Y recuerda cuando pasó lo de Alejandro. Estuve con vosotros, y no como abogado, sino como amigo. No me puedes decir que nunca he estado a tu lado ni que no te he apoyado, Mónica.

Humberto no se puede creer lo que pasa a continuación. Mónica está visiblemente afectada e incómoda. Su mirada desprende fuego, ira. Como si estuviese a punto de estallar, como le avisó Adela.

—Por favor, Humberto, ¿tú sabías el infierno que estaba atravesando mi hermano? Si lo sabías, ¿por qué no hiciste algo?

—Mónica…, por favor.

—Si tan amigo eres de mi padre, ¿por qué no hablaste con él entonces para que se comportara de otra manera con Alejandro?

Va a cogerle la mano, pero ella se retira, violenta.

—No me toques ahora.

—Mónica, yo no podía decirle a tu padre cómo comportarse con su propia familia en esos momentos tan dolorosos, solo acompañarle. Respeté las decisiones que tomó, y tienes que saber que él solo intentó hacer lo que más convenía a sus hijos...

—Oooh, claro, al gran hombre sí se le puede justificar todo, perdona —le suelta con ironía.

—Mónica, no puedes culpar a nadie del suicidio de Alejandro...

Nada más pronunciar estas palabras, Humberto se da cuenta de que Mónica se desmorona. Su muro impenetrable se quiebra. Nota cómo cada vez está más incómoda y se remueve en el asiento. De pronto, el abogado es consciente de que en ese momento la conversación no va a ir a nada. Trata de salir de su asombro al ver la reacción de Mónica.

—Venga, por favor. No te preocupes por lo de hoy. Todo se va a solucionar.

Se acerca a ella y le toca el brazo consolándola. Y esta vez ella no le rechaza.

—Espero que sea verdad, Humberto. Si no te importa, prefiero reposar durante el vuelo. No me encuentro muy bien, y ahora menos. Me voy a sentar en la parte de atrás del avión, quiero estar descansada cuando aterricemos, ¿me permites?

Humberto asiente con la cabeza. Mónica se levanta y se dirige a la parte de atrás. Y, mientras se aleja, no puede evitar recordar la tragedia que dejó más tocada aún a la familia Rodríguez. Alejandro, el otro hijo de Arturo, se quitó la vida poco después de la muerte de Adela. No pudo soportar que su madre no estuviese a su lado, pues ella era la única que lo conocía de verdad y quien le apoyó cuando dejó caer que él no quería trabajar en la empresa familiar. Arturo, que deseaba legar su imperio textil a sus dos hijos, no se lo tomó muy bien.

Mónica y Alejandro se adoraban, pero ella tampoco supo ayudarle. Y cree que eso le pesará cada día de su vida. Alejandro nunca vio mal que su hermana siguiese el camino marcado por su padre ni que se implicara en la empresa, simplemente él no veía su futuro allí. La muerte de Alejandro agravó aún más la relación entre padre e hija. Humberto recuerda una discusión entre los dos muy desagradable que presenció. Ella le recriminó que no había estado a la altura, que qué padre no se da cuenta de que su hijo está sufriendo y atravesando fuertes problemas de salud mental, aunque tratase de mostrar que todo estaba bien. Qué padre no es consciente de que su hijo sufre una depresión. Ese día, Mónica le echó en cara que ella le había avisado en infinidad de ocasiones y él no había movido un dedo. Ella había tratado de estar al lado de su hermano, pero no fue suficiente. Su padre solo había atendido a su absurda filosofía de vida, eso de que eran unos Rodríguez y que tenían que ser fuertes para aceptarlo y superar todo por el apellido y la familia.

Humberto no deja de mirarla ahora que se sienta atrás. Ojalá comprendiese que su padre actuó así porque era lo que le habían enseñado y que para él la empresa era una parte importante de su vida. Para Arturo fue un golpe duro que su hijo se desentendiese del negocio y que hubiese preferido otros caminos. Su amigo no supo cómo mantener los vínculos con Alejandro, solo supo mantener el económico. Por eso no entendió lo que supuso para su hijo el fracaso de su empresa tecnológica. Alejandro había apostado por unos robots caseros, pero para aquel momento era algo demasiado innovador. Y la empresa —todavía en pañales— no solo quebró, sino que generó enormes pérdidas, impagos a sus trabajadores y un montón de material tecnológico totalmente inservible..., y muchos otros problemas derivados de haber llegado a acuerdos con la Xunta para unas entregas y números que nunca se dieron. Arturo le había apoyado con un capital inicial y lo vivió como un fracaso absurdo y vergonzoso ante sus contactos del Gobierno, y así se lo hizo ver. Para Alejandro la culpa y la vergüenza fueron insoportables. Aquello fue un paso más hacia su muerte.

A Humberto le gustaría recalcarle que todos querían a Alejandro, pero que ninguno supo ayudarle, y mucho menos atisbar cuáles eran sus intenciones. Que Arturo no fue culpable de su muerte, ni él ni nadie. Le gustaría zarandearla y decirle que tal vez Adela, que lo conocía bien, tampoco hubiese podido salvarle. Pero la deja en paz, porque es cierto que la ha visto cansada. Él, sin embargo, aunque quisiese, no debe parar, tiene que seguir solucionando y preparando ciertas cuestiones para cuando aterricen en Bruselas.

Se acerca a Beatriz. Ha visto que la nueva ayudante de Mónica no ha parado de trabajar desde que se ha subido al avión, pero también se ha dado cuenta de que ha presenciado toda la discusión que ha tenido con su jefa. Le gusta lo prudente que es, cómo se ha mantenido alejada y cómo sospecha que lo que menos le apetece ahora a Mónica es solucionar ningún problema.

—Beatriz, ya lo debes saber, pero a veces se viven estos días duros en las empresas. Siento que esta mañana haya empezado así de fuerte.

Beatriz le sonríe a pesar del agobio que muestra.

—Lo sé, el reto es superarlos, Humberto. Gracias por acercarte.

Humberto hace un último intento con ella.

—¿Tú has podido hablar estos días con Maite? ¿Sabes por dónde anda o si ha cambiado de teléfono?

Beatriz lo mira extrañada.

—Humberto, yo nunca he podido hablar con ella. Y no me hubiese venido nada mal. Creía que solo yo tenía dificultades en contactar con la famosa Maite.

Se queda en silencio y le dice, prudente:

—Mónica tampoco ha podido organizar hasta ahora un encuentro entre nosotras ni me ha podido facilitar un canal de comunicación para que compartamos documentos y demás. La verdad es que estos días están siendo demasiado intensos, quizá más adelante pueda conocerla.

Humberto la mira cómplice, le gustan las personas leales.

—No te molesto más, Beatriz. No te preocupes. Solo estaba intentando contactar con Maite para preguntarle algunas cosas que me vendrían bien para la reunión que tenemos ahora en Bruselas, pero no me coge el teléfono. Y he pensado que tal vez tú podías ayudarme. Voy a seguir.

Humberto vuelve a su sitio. Tiene mucho viaje y trabajo por delante.

# 24

# Fallos

## Ignacio

*13.00*

Todo en el vuelo está yendo bien. Ignacio está tranquilo. De pronto recibe un wasap. Le echa un vistazo. Se levanta rápido y le dice al nuevo copiloto:

—Voy al baño, Javier. Te dejo el control del avión y las comunicaciones.

Cuando sale de la cabina, ve que Dámaso y María están demasiado ocupados preparando un aperitivo en la zona de la cocina. Cerca de ellos hay una pantalla a la que Ignacio se dirige de camino al baño. Los azafatos ni se percatan, no es cosa suya. A Ignacio no le tiembla el pulso y aprovecha para desconectar el wifi. Entra en el baño. Al cabo de un rato sale, se aproxima a donde están María y Dámaso y les dice, extrañado:

—Chicos, creo que está fallando el wifi. Voy a resetearlo si os parece para ver si se restablece.

—Ay, espero que lo soluciones. No les va a hacer ninguna gracia estar sin red. Los estoy viendo particularmente liados.

María no puede evitar preocuparse porque le van a tocar todas las quejas. Dámaso sonríe.

—María, Ignacio lo va a solucionar, ya verás. Venga, vamos a servir el aperitivo y les alegramos un poco la mañana a todos.

Ignacio se sitúa frente a la pantalla. Pone cara de circunstancias y les dice:

—Nada, imposible, chicos, sigue dando problemas. No funciona. Vamos a dejarlo desconectado.

María lo mira con cara de fastidio. Ella desde el *galley control panel,* donde ha estado hurgando Ignacio, controla la temperatura, las luces del avión… y el wifi. Sabe que esta contrariedad no va a dejar muy contentos a los clientes.

—Bueno, Ignacio, qué se le va a hacer. —Dámaso trata de retenerlo con un poco de conversación—. ¿Qué tal te está yendo con el nuevo copiloto? Anda, cotilléanos un poco antes de que demos los últimos retoques al aperitivo… Venga, si nos cuentas, os llevo el mejor aperitivo a la cabina.

Ignacio le sonríe.

—Dámaso, no quiero dejarle solo mucho tiempo… Ya te *cotillearé* —remarca esto último mostrándose cómplice con él.

Antes de entrar en la cabina, se asoma para mirar a los pasajeros. Cada uno va a lo suyo. Se detiene en Mónica al final del avión, con los ojos cerrados. Solo son unos segundos. Después vuelve al panel y se asegura de que el wifi sigue sin funcionar. María y Dámaso continúan con su tarea. Se atusa el traje y se dispone a entrar de nuevo a la cabina con Javier.

## Javier

Al joven copiloto le ha sorprendido que Ignacio le deje solo con todo el control en su primer vuelo juntos, sin estar él delante, pero lo asume con gusto y lo entiende como un gesto de suma confianza hacia él. Está concentrado para que todo vaya a la perfección. Disfruta con el vuelo. Mira su reloj y lo acaricia con cariño. Pasa un rato, que no se le hace en absoluto eterno, cuando, de repente, entra Ignacio y le informa con tono tranquilo, mientras se acomoda en su puesto de mando, de que no funciona el wifi.

—No nos vamos a preocupar, Javier. Total, es un viaje corto, tampoco va a pasar nada por estar unos minutos sin usarlo, ¿no?

Al copiloto le llama la atención su despreocupación. Ha intentado restablecerlo, pero ha sido imposible y es mejor que esté desactivado. Javier prefiere no decir nada, Ignacio es el comandante, aunque le extraña que haya fallado cuando antes de despegar hicieron todas las comprobaciones habidas y por haber. Siente necesidad de ir al baño también y echar un ojo él mismo a la pantalla de funciones donde está la conectividad del avión.

—Ignacio, si no te importa, voy al aseo. Si quieres, puedo pasarme por el panel e intentar solucionarlo, que tenemos tiempo.

—No te molestes. Ya te he dicho que no es importante. Prefiero que te dediques a otras cosas para tener un vuelo tranquilo que a eso. Mira, aprovecha y cuando salgas estira las piernas y echa un vistazo a lo verdaderamente importante: el aperitivo que están preparando.

Javier no le va a llevar la contraria. No quiere tener problemas desde el primer vuelo. Cuando se dirige al baño, se cruza con la asistente de la hija del dueño de la empresa, Beatriz. Sabe que lleva poco tiempo, algo más que él. Esta se para frente a él y le detiene un momento.

—Por favor, ¿sabes si funciona el wifi? No me deja conectarme. Tengo que trabajar hasta que lleguemos a Bruselas…

—No funciona —le dice cortante para no tener que repetir lo que le ha ordenado el comandante. Le molesta no poder dar una explicación.

Beatriz lo mira un poco confusa, puesto que no se esperaba una respuesta tan visceral.

—Ah, vale. Gracias —le contesta seca.

No le extraña. Reconoce que no ha sido muy amable. Cuando sale del aseo, Dámaso le ofrece un cuenco pequeño con aceitunas negras. No tiene hambre, así que, con un tono más amable, declina la invitación. Apenas se da cuenta de la presencia de Mónica, que sigue en la parte de atrás, como si quisiese ser invisible. Humberto, el abogado, está mirando por la ventana y, de vez en cuando, consulta unos papeles. No tiene encendidos sus dispositivos, y Javier piensa que ojalá no lo haga hasta que bajen del avión. La única que tiene todos los aparatos encendidos y cara de preocupación es Beatriz. Siente haber sido tan borde, pero cuando está incómodo por no poder dar soluciones no sabe hacerlo de otra manera.

María entonces se acerca a él, le pregunta si no le apetece beber algo. Javier se da cuenta de que no ha bebido nada desde que salieron. Un vaso de agua no le vendría mal. Sí... Mientras espera, se fija de nuevo en el panel de control y se pregunta por qué habrá fallado el wifi. Por la cabeza le pasa si Ignacio lo habrá desconectado aposta, pero descarta esa posibilidad porque no encuentra ningún sentido a una acción así. María le da el vaso y le saca de sus pensamientos. Bebe y se da cuenta de lo seca que tenía la garganta. Entra de nuevo a la cabina. Se encuentra a Ignacio lidiando con una situación inesperada.

—No te vas a creer lo que ha pasado cuando te has ido al baño, Javier.

El comandante le señala un procedimiento de fallo desplegado en la pantalla multifunción situada en el pedestal que separa a ambos pilotos. Prácticamente ha terminado la comprobación.

—Pero ¿qué es lo que ha sucedido?

Javier no da crédito. Cuando Ignacio se fue al baño, él no tuvo ningún problema.

—Son cosas que pasan. De pronto ha saltado el *ac ess bus fail*. No he tenido más remedio que poner en marcha el procedimiento.

Todo tiene que ver con el sistema eléctrico. Javier se está empezando a preocupar a pesar de la tranquilidad que exhibe su comandante. No es normal lo que les está ocurriendo en un vuelo tan corto y tan habitual... Se sienta en su puesto, preocupado.

# 25

# Tirar la toalla

## Beatriz

*13.30*

Menudo vuelo. Beatriz se encuentra frente a su ordenador sin parar de trabajar. Antes de que empezase a fallar el wifi, ha recibido un correo de Isaac con bastantes archivos. Los ha abierto y se ha quedado sorprendida con toda la información que había conseguido su compañero. Albaranes, documentos en PDF, números y más números, registros de contabilidad, datos y subcarpetas sobre Polonia, transportes, proveedores de Europa del Este, materiales registrados…

Lo ha organizado todo para que pudiese ser procesado por su aplicación de IA. A ver si podía ir despejando alguna incógnita. Algo que le aclarase qué estaba ocurriendo. De paso, había escrito a Silvia para decirle que no la había olvidado, que estaba trabajando para ponerse cuanto antes en contacto con ella y ver si tenía información más clara y qué pasos dar.

Justo cuando su aplicación estaba analizando los datos y esperaba un resultado cuanto antes, la señal wifi se ha esfumado. ¡Y parece que solo le preocupa a ella! Mónica pasa de todo. Su secretaria sigue sin entender esa actitud. No la reconoce; aunque la conozca poco, hoy no está actuando de una manera normal. Humberto prefiere trabajar con documentos en papel (se nota que es una persona de la era analógica) y no le ha preguntado nada. El abogado debe de pensar que todavía está verde y que poco le puede aportar. Encima se ha cruzado con el borde del copiloto, que por única respuesta le ha dicho que el wifi no funciona sin mostrar la mínima intención de solucionarlo.

Beatriz se encuentra muy sola. Está tratando de cumplir con sus tareas, porque así se lo han enseñado siempre. Pero hoy todo son obstáculos. Siente hostilidad hacia ella y su trabajo. Ni siquiera cuenta con la complicidad de su jefa. En ese avión, por un momento, tiene ganas de tirar la toalla. Quizá no esté cualificada para ese puesto, aunque prefiere creer que no la han dejado demostrar su valía ni le han facilitado todas las herramientas necesarias para rendir de acuerdo a las exigencias del puesto. Está en uno de esos momentos en que no puede ver nada positivo, sabe que tiene que dejarlo ir cuanto antes.

Su madre Marga le enseñó que tirar la toalla es la última opción. Siempre le repetía una frase, de esas que son casi un cliché, pero a ella le funciona: todo tiene solución, menos la muerte. Este día pasará y va a hacer bien su trabajo, como siempre. No va a suceder nada malo, ella al menos pondrá todos los medios para que así sea. Beatriz mira tan solo un momento por la ventana y respira hondo. Cuando estén en tierra, ya recuperará la cobertura y tendrá señal suficiente para poder terminar. Ahora puede seguir trabajando por su cuenta. Todo va a ir bien, está segura. Mira a Mónica y ve a su jefa solitaria, con los ojos cerrados y con la cara menos crispada. Tiene sus manos puestas en el vientre y lo acaricia suavemente.

# 26

## Recuerdos de guerra

JAVIER

*13.35*

Javier está concentrado en que el resto del vuelo vaya bien y que no se detecte ningún nuevo fallo. Llevan un tiempo en silencio. Todo parece que funciona correctamente. Entonces Ignacio se dirige a él de manera muy natural.

—Perdona si te ha molestado que me haya puesto a resolver cuanto antes lo del *ac ess bus fail*. Ha sido todo muy rápido, ha saltado y por inercia comencé el procedimiento sin esperarte. Son cosas muy normales en estos vuelos y se ha resuelto en nada. Si vuelve a pasar, te muestro cómo es para que tú también lo tengas presente para futuros vuelos. Esto que ha ocurrido es algo habitual en este modelo de Bombardier. Los canadienses son muy especiales… Ya ves que el procedimiento termina en un *land at the nearest suitable airport*… Estamos tan cerca de Bruselas que quizá podamos tomarlo como el aeropuerto más próximo, pero veamos cómo evoluciona el fallo.

A Javier le sorprende que su superior le dé tantas explicaciones, pero lo agradece. Le sonríe.

De pronto Ignacio cambia de conversación. Le señala el reloj.

—Me llama la atención tu reloj. Me gusta. ¿De dónde lo has sacado?

—Es muy especial para mí, me lo regaló mi padre. —Javier no quiere que Ignacio le pregunte sobre su vida personal, así que se adelanta, rápido. Tiene sus motivos—. Y ¿a qué te dedicabas antes de trabajar en los aviones de Rodraprex? —le pregunta curioso a Ignacio.

Y este toma el relevo.

—Estaba en el Ejército, así que decidí dedicarme a una vida más tranquila...

Se ríen.

—¿Estás casado?

—Sí, mi mujer se llama Cristina y es en parte la responsable de que esté hoy aquí sentado. Nos conocimos en Afganistán. Hace tiempo ya. Qué mayor me estoy haciendo recordando anécdotas de mis vidas pasadas..., sueno como Crespo.

—No, no... Me encantaría saber cómo os conocisteis.

Javier está tratando de saber más de él sin querer resultar un fisgón. Está satisfecho de haber podido dar un vuelco a la conversación sin poner demasiado en evidencia que no quiere hablar de lo personal, al menos de primeras, por eso prefiere escuchar esa historia.

—Verás, yo en Afganistán me encargaba de algo muy preciso. Era el que daba la posición de la columna de blindados para pedir refuerzo aéreo en caso de que hubiese fuego enemigo. Un día nos encontrábamos en un convoy realizando un traslado y estábamos cruzando un desfiladero cuando nos atacaron. Estábamos en medio de una emboscada. Sufrimos bastantes daños antes de recibir la ayuda aérea. Así que una vez a salvo fui a ver a mis compañeros al hospital de campaña y ahí estaba Cristina, mi mujer...

Javier comprende lo difícil que era la labor de Ignacio. Le gustan las historias de militares y quiere saber más detalles.

—¿Cómo podías guardar la calma en medio del fuego?

Ignacio continúa con su relato.

—El secreto, como dices, es justo ese, guardar la calma, Javier. La función es muy concreta. Lo que tenía que hacer era comunicar por radio la posición exacta, tanto dónde estábamos nosotros como dónde se encontraba el enemigo. La precisión en los datos de posición y las coordenadas son la clave, sobre todo para acertar y que no se produzcan daños innecesarios. Anticiparse puede evitar mucho. En ese caso estábamos sufriendo. Con lo que yo comunicaba, el avión de refuerzo aéreo podía lanzar los misiles para que impactasen únicamente en la zona del enemigo. Pero se nos habían echado encima demasiado rápido.

Javier nota que Ignacio se emociona al recordar lo ocurrido. Y admira que gracias a su trabajo bien hecho los daños fueron menores y pudieron salir con vida de la emboscada.

—Aquella acción me permitió una mayor graduación en el Ejército y conseguir así unos cuantos méritos dentro del escuadrón. Pero para lo que más me sirvió fue para darme cuenta de que prefería volar que estar en tierra. Javier, estuvimos a punto de perder todos la vida. Allí abajo, entre esos riscos, siendo un blanco tan fácil, te encuentras en mitad de un fuego que no sabes ni de dónde viene y te sientes sumamente pequeño.

Los dos se quedan en silencio, ambos saben lo dura que es la guerra. Ignacio continúa con su historia.

—También todo ese horror trajo algo bueno a mi vida. Conocí a Cristina en ese hospital de campaña. Ella era la médico que cuidaba a todos mis compañeros que sufrieron graves heridas en el asalto al desfiladero. Ella fue un remanso de paz para mí. Más tarde, Cristina también me convenció de que dejase el Ejército y me pusiese a volar... Y aquí estoy, Javier.

El copiloto ha conectado con Ignacio después de saber su pasado militar. No puede evitarlo. Es prudente, pero decide compartir algo más de su vida personal.

—Entiendo todo lo que me has contado, Ignacio. Me has hecho recordar. —Se acaricia el reloj—. Mi padre también era militar y falleció en una maniobra…, fue una masacre. Por eso este reloj es tan importante para mí. Me une a él.

Atisba un gesto de Ignacio que no sabe leer, pero pronto cambia la expresión y le hace otra pregunta:

—¿Cuál es tu experiencia, Javier? Si no te importa que te pregunte.

—No, por supuesto que no. Hice la carrera de piloto comercial en la academia de vuelo European Flyers en Cuatro Vientos. ¿La conoces? —El comandante asiente—. Me apunté a su bolsa de trabajo y, mientras, hice bastantes horas de vuelo como instructor. Ya sabes, cobrar y encima aumentar el *logbook*. Me vino bien empezar a ganar algo de dinero. Finalmente me ofrecieron irme a Portugal para llevar un avión de una empresa pescadera. Los trayectos eran por Europa y también en Marruecos.

—¿Y cómo terminaste aquí?

Javier se siente algo incómodo ante la pregunta, pero disimula.

—No pretendía quedarme siempre en ese avión, quería conocer otros destinos, así que continué atento a las ofertas de la bolsa de trabajo y en contacto con colegas que me avisaran de posibles alternativas. Me llegó la oferta de Rodraprex y me presenté a la entrevista que convocaba Recursos Humanos. Me dijeron que era para cubrir una plaza de un copiloto que se iba a jubilar.

Ignacio asiente, pero Javier le nota un poco ausente, su cara ha dejado ver un cierto gesto de extrañeza. Entonces el comandante sonríe, como si hubiese vuelto de allá donde le llevaron sus pensamientos.

—Y ¿a qué quieres dedicarte?

—Me apetece terminar en una buena compañía comercial. Sé que voy a ganar menos dinero que aquí, pero tendré una vida más tranquila y no estaré pendiente de que me llamen en cualquier momento para volar. Pero ahora me viene muy bien este trabajo, sumar horas de vuelo con una empresa de prestigio como Rodraprex no está mal, ¿no?

—Qué me vas a contar de llamadas imprevistas... Yo ya trabajé en una compañía comercial, pero sí, quería más dinero y por eso me dedico a la aviación ejecutiva. Sí, es más sacrificada, pero tiene recompensa... Ganar mucho más y poder retirarse antes.

—Pero ¿ya piensas en retirarte?

A Ignacio le hace gracia la pregunta.

—Me quedaré hasta que te puedas quedar al mando. —Y se ríe, divertido.

—Me alivia saberlo. —Javier le sigue la broma.

Y, cuando el comandante va a hacerle otra pregunta, reciben una comunicación por cambio de zona aérea y tienen que pasar esa información, así que la conversación se interrumpe. Cada uno se concentra en sus funciones.

Javier, sin embargo, se ha quedado tocado. Se alegra y agradece la interrupción, porque temía irse de la lengua. La breve charla ha cambiado su percepción respecto a Ignacio. Ha podido ver que es un tipo íntegro y ha sentido que es un buen compañero. Lo ha notado por cómo ha hablado de los demás militares que estaban con él en el convoy. Aprecia también el cariño y el agradecimiento que siente hacia su mujer. Le gustan los hombres que hablan bien de sus mujeres.

El joven copiloto siente que no le importaría trabajar durante un tiempo con él, porque tal vez aprenda no solo de la profesión, sino de su talante, de su manera de enfrentarse a situaciones complicadas y de su capacidad de tomar decisiones certeras. Lo considera un hombre preparado, lo ha visto durante el procedimiento aéreo y en cómo realiza las comunicaciones con las palabras adecuadas y manejando el vocabulario técnico a la perfección. Por eso le cuesta entender esos fallos que se han detectado en el avión cuando lo tenían todo perfectamente controlado.

Javier mira de nuevo el reloj. Se siente conectado con su padre y con la huella que le dejó. Por él no solo valora el trabajo que desempeña, sino que sabe que sin su padre no habría conseguido este puesto... Sí, por eso no quería hablar con Ignacio sobre su vida privada, porque lo que no le ha contado es que su padre era un buen amigo de Arturo. Los dos se conocieron en la mili. Es Arturo quien lo ha contratado, puesto que quiere gente de mucha confianza en esos viajes, sobre todo en los que está su hija Mónica. Tiene indicaciones de reportarle todo y acudir a él si surge cualquier complicación. Arturo también puede contactar con él en cualquier momento.

Fue su padre, cuando aún estaba vivo, quien le contó a Arturo que el sueño de su hijo era ser piloto. Cuando falleció, Arturo le dejó el dinero para que se formase. Apreciaba la amistad con su padre y así quiso rendirle respeto. Ambos habían unido sus lazos para siempre en la mili. Felipe, su padre, siguió en el Ejército; Arturo se convirtió en un empresario famoso.

Cuando su padre murió, se quedó solo. Era hijo único. Su madre no hubiese podido costearle la carrera. Pero Arturo le tendió una mano y se hizo cargo de sus estudios. Hace poco, el dueño de Rodraprex le dijo que quería contar con él en su flota privada. Le pidió que no comentase con nadie cómo había llegado hasta allí, sino que fingiese que había logrado el puesto a través de una selección de personal de Recursos Humanos de la empresa. El joven dudó en un primer momento, pero el empresario le calmó y le dijo que ya hablaría él con la gente pertinente para que supiesen que esa era la versión que quería que primase. Ignacio, el comandante, que, le aseguró, no intervino en esta elección, tampoco podía saber nada. Javier entraba porque Arturo quería que estuviese ahí, sin más.

Eso le ha preocupado a Javier desde el principio, porque pensaba que supondría un problema entre ellos. Pero de parte de Ignacio no ha percibido nada más que amabilidad. De todos modos, por no tentar a la suerte se ha mantenido prudente y no ha dicho ni hecho nada respecto a los fallos que han detectado y que le siguen pareciendo tan extraños. No puede evitarlo.

Mira a Ignacio, este le devuelve la mirada y sonríe, tranquilo. Los dos, concentrados, siguen atentos al trabajo que les apasiona: volar y llevar a su destino a los pasajeros…, haya poco o mucho dinero de por medio.

# 27

# Motivaciones

## Beatriz

*13.40*

Aunque no tenga wifi, el mundo no se ha acabado para Beatriz. Va a estar sin conectarse con el exterior lo que falta de vuelo. Tampoco es tanto. Está examinando los documentos de Isaac por si puede detectar algo. Quizá encuentre un sentido o puede dar con la explicación de lo que ha ocurrido en Polonia. Se topa, sin embargo, con otra dificultad. Necesita información y ayuda para entender todos los documentos. No sabe si acudir a Humberto y preguntarle sobre la parte económica. Él es un candidato ideal, pues lleva representando a la empresa durante décadas. O si molestar a Mónica, que sigue al fondo del avión sin dar señales de vida, pero que obviamente va a saber interpretar a la perfección los papeles que tiene entre sus manos, porque ella es la última responsable de la cadena. Seguro que se sorprenden de que ella sola haya conseguido toda esa información. Bendito Isaac.

La joven asistente también es consciente de que Humberto debe de estar liado con los documentos para la auditoría trimestral de Bruselas y todo lo que les va a caer encima. Pero ella está intentando aportar soluciones, entender qué ha pasado en la frontera con Polonia. Y Mónica…, su jefa es como si estuviese en *stand by.* Quizá está reservando fuerzas para comportarse como una leona ante los de la comisión.

Vuelve a su cabeza Maite. Qué bien le habría venido su asesoramiento. Entendería ahora muchas de las cosas que está tratando de descifrar en esos papeles. Y sobre todo le habría dado alguna pista respecto al carácter de Mónica. Pero, bueno, ahora en ese instante no puede lamentarse por algo que no está en su mano. Maite, por lo que sea, ha querido desaparecer del mapa.

Beatriz se mueve con eficacia por todas las ventanas abiertas del ordenador. Abre también su tablet, que siempre tiene sincronizada con el portátil, así puede jugar con dos pantallas y analizar mejor los datos. Le resulta difícil sacar algo en claro, pues apenas lleva unas semanas en la empresa y no conoce todavía todos los mecanismos ni los programas que manejan ni lo protocolos que emplean.

Pero está más calmada. Como siempre en los momentos duros recuerda las enseñanzas de su madre. Le explicó que era importante saber trabajar con distintos tipos de personas para así gestionar y aprovechar las virtudes y dotes de cada una para los diferentes ámbitos. Se alegra de cómo se dio cuenta del potencial de Isaac en ese primer encuentro que tuvieron. Supo que era un chico capaz, eficaz, atento y que conocía bien los entresijos de la empresa. Por eso, ahora se siente tan agradecida a su madre, porque ha aprendido a valorar a personas como Isaac, que la ha ayudado en un momento tan crucial.

Lleva poco en la empresa, pero le gusta. Lo sabe, a pesar de la jornada horrible que está viviendo… y que todavía le quedan unas cuantas horas para terminarla. Ya ha conocido a bastante gente de la empresa y se ha dado cuenta de que puede establecer contactos sólidos y continuados en el tiempo.

Su madre también le habló de cómo se mide la capacidad de liderazgo. Lo que cuenta es ser considerada tanto por encima como por debajo del rango que ocupe en la empresa. Nunca lo ha tenido fácil, pero no se ha dejado vencer, ella siempre se ha hecho respetar. Es una mujer joven, con talento y decidida, que ha aprendido a quererse y respetarse, en un mundo de hombres. Por eso, le gustó que su jefa fuese una mujer..., pensó que podrían entenderse y ser cómplices en muchas cosas... Mantenerse cuesta, además debe tener cuidado con esa simpatía que emana de ella de forma tan natural. Ya lo dicen sus amigas: «Eres demasiado maja, tía».

Ha aprendido a saber cuándo ponerse seria o mostrarse fuerte, y también a encontrar los momentos en que poder ser distendida y alegre si le apetece. Eso abre puertas y también identifica y cierra las ventanas a los posibles moscones. Sigue atenta al ordenador y a la tablet, analiza y apunta. Necesita saber qué está pasando. El trabajo bien hecho, la gasolina que la pone en marcha cada día. No obstante, todas las jornadas laborales terminan y las semanas también, y tiene claro que este fin de semana va a escaparse a la playa de Doniños y que pillará buenas olas. Para ella es una medicina imprescindible combinar trabajo y ocio.

Beatriz nunca retrasa las cosas, no aplaza ni pospone. Busca soluciones en el momento. Se siente realizada si lleva las cosas al día, si se anticipa a lo que puede ocurrir. Nunca un viaje se va a retrasar por su culpa ni nadie va a esperarla en una reunión. Prefiere llegar antes y esperar a que la esperen. Nunca la pillarán con el móvil y la tablet sin cargar. Sabe lo que lleva metido en el bolso, lo que necesita en cada momento.

Beatriz continúa mirando documentos y apuntando. Tiene una ligera intuición, como si estuviese muy cerca de la solución, a punto de dar con ese dato que puede despejar todo. Hay mucho dinero de por medio y muchas pequeñas empresas están pendientes de que la situación en Polonia quede desbloqueada. Se siente responsable y no teme esa responsabilidad. Como que se llama Beatriz, va a encontrar el hilo del que empezar a tirar.

Solo entonces vuelve a mirar a Mónica. Y no entiende por qué no puede contar cien por cien con su jefa, pero el pensamiento, lejos de desmoralizarla, la mantiene motivada. Como cuando está surfeando. Tiene que encontrar ese resorte que haga que Mónica la busque. Ese resorte que las haga trabajar juntas. Remar al pico de la ola a tiempo de que no se haga más grande y las engulla a las dos haciéndolas dar vueltas debajo del agua sin parar, y, si eso ocurre…, poder salir a la superficie, coger aire y llenar sus pulmones para seguir remando antes de llegar a la reunión de Bruselas.

# V

# Salvad al tigre

# 28

## Equipos eficaces

### Jairo

*Mientras el avión de Rodraprex vuela a Bruselas*
*13.45*

Jairo siempre se ha sentido seguro y satisfecho con la manera en que funciona el almacén. Él había implementado el sistema de cómo los camiones tenían que gestionar todo el traslado de materiales. Hasta ese día había actuado como un mecanismo perfecto. Siempre bajo su responsabilidad, criterio y supervisión. No entiende lo que ha pasado.

La cadena se ha roto de una manera absurda. Los camiones del Este no han llegado a la sede gallega. Así se ha producido un sobrestock, pues en Galicia esperan unos materiales que tienen que ser enviados a otras partes de Europa.

El sistema nunca ha fallado. Sus primeras sospechas han señalado a Ramiro, quizá ha conseguido generar un error intencionadamente para poder demostrar a Arturo que su sistema presenta errores. Así lo jodería a él y de paso a su mujer. Solo Mónica y él conocen a la perfección cada uno de los pasos. No sabe cómo Ramiro ha podido dinamitar de esa manera su cadena y fastidiar todo en nada de tiempo. Pero de momento tiene que guardar silencio.

Y ahí está aguantando el chaparrón. En la reunión que se ha convocado están repasando todo y tratando de ver dónde ha fallado la cadena. Comparar los números con otros trimestres para poder dar con el error. Está siendo una reunión de contención, donde quiere aportar soluciones a las dos personas encargadas del almacén. Les pide calma. No puede reconocerles sus sospechas, que esto tiene pinta de alguna decisión mal tomada desde arriba. Así que, para echar balones fuera, les pregunta si ha habido alguna modificación en el horario de los encargados, si alguien se ha podido dejar sin firmar alguno de los documentos que ha impedido dar luz verde a las salidas programadas en Polonia.

Él, de pronto, desconecta. Todo el mundo está muy alterado. Observa las instalaciones a través de los ventanales de la oficina del almacén. De pronto ha imaginado otro escenario posible, pero le parece descabellado. Sabe la relación compleja que mantiene su mujer con su padre. Pero ¿sería capaz de boicotear la estructura de la empresa solo para demostrarle su vulnerabilidad?

Se quita la idea de la cabeza, pero asume que ya es demasiado tarde. Volverá a darle vueltas… Él confía plenamente en Mónica.

—Pero, Jairo, ¿no nos puedes explicar qué coño está pasando? —Uno de los operarios le saca de sus pensamientos.

—Eso es lo que estamos tratando de averiguar. Vuestra colaboración es fundamental. Hay que repasar los últimos movimientos y detectar dónde se ha roto la cadena.

—Vamos, Jairo, esto no es normal. Esto ha sido por una decisión que no tiene que ver con nosotros. Lo sabes bien… Nosotros no la hemos cagado esta vez —suelta el otro.

Jairo los mira, relajado, como siempre. Sin perder los nervios. E insiste en buscar responsabilidades.

—Sois un equipo eficaz, lo sé, pero ¿no se ha podido confundir nadie? ¿Nadie se ha equivocado al firmar o no ha dado luz verde a una salida?

Pero él mismo sabe que hay algo extraño. Si solo se tratase de un envío, podría ser un fallo…, pero que tantos pedidos no se hayan realizado y que existan albaranes firmados sin que los camiones hayan salido de Polonia es muy inusual. El error no ha podido ser de la sede de Galicia…

—¿Qué pasa con los operarios de Polonia?, ¿habéis hablado con ellos?

—¿Tú que crees? Allí están más cabreados todavía, porque pensaban que los camiones iban a salir inmediatamente, como siempre… Tampoco entienden nada —responde uno de ellos mientras el otro afirma con la cabeza.

—No perdamos la calma. Tengo que pensar. Voy a fumarme un cigarro. Ahora vuelvo.

Necesita salir de esa sala y colocar sus ideas. Abandona la oficina con paso tranquilo. Sus trabajadores le respetan, está seguro de que lo ven como alguien cercano, pero a la vez nadie se aproxima mucho a él. Al fin y al cabo todos saben de quién es marido y quién es su suegro. Tampoco quiere ahondar en ello demasiado.

Se coloca un momento el pantalón. Jairo viste elegante, pero sin ser demasiado llamativo. Usa prendas cómodas siguiendo una de las líneas de Rodraprex. Le gustan los colores oscuros, ocres y tierra, que combina con verdes bosque o similares. Siempre se ha sentido orgulloso de pertenecer a la marca y la lleva por bandera. Los zapatos sport, el pantalón de pinzas y un jersey fino con una chaqueta tipo blazer suelen ser su uniforme.

Respira. No puede dejar de dar vueltas, siempre termina pensando en Mónica. La relación de su esposa con su padre no es buena, pero no duda de que la empresa será de Mónica cuando él no esté. Jairo sabe bien que, más allá de que trabaje de manera intachable y de las responsabilidades que desempeña en el departamento, Arturo siempre ha contado con él como mediador en la relación con su hija. Y eso solo le ha traído problemas con su mujer. Es cierto que su suegro le ha permitido prosperar en la empresa y ha reconocido sus habilidades, pero también valora su papel de intermediario, la única comunicación directa con su hija. Ha llegado a pensar que Mónica a veces lo miraba como si fuese una extensión de su padre, y esa sensación no le gustaba. Como si ella creyese que él jamás tendría una opinión distinta a la de su suegro, sobre todo en cuestiones de la empresa. Pero al fin y al cabo son un padre y una hija, ¿cuándo han sido fáciles esas relaciones? Se quita de la cabeza de nuevo el pensamiento. Por muy mal que se lleven, no jugarían con la empresa. Está seguro.

En ese momento suena el móvil. Es Silvia, su compañera de Logística. Quiere verlo en privado.

—Claro, sí, voy.

Cuelga. Jairo piensa que le puede venir bien hablar con ella. Su relación es profesional pero cercana. A veces comparten cómo se siente cada uno en el trabajo. No entran en detalles de sus vidas personales, pero cree que puede confiar en ella.

Además tiene ganas de hablar con ella porque no sabe nada de Mónica desde aquel mensaje tan escueto que le puso por la mañana. Tal vez Silvia sepa más de lo que ha pasado a primera hora y la haya visto antes de volar, o incluso que esté en contacto con su mujer o con Beatriz. La verdad es que todo le lleva siempre a Mónica. Sus relaciones laborales también son complicadas. Confía en ella y trata de contarle todo lo referente a su puesto de trabajo: los problemas diarios, las innovaciones, el funcionamiento del sistema... De todo. Pero él sabe que ella prefiere que no invada su terreno; no le cuenta mucho y suele evitar compartir su día a día, pues piensa que cualquier información que le proporcione él irá directamente a Arturo. En ocasiones Jairo no sabe cómo pisar en ese terreno con Mónica, por dónde va a salir o cómo va a actuar. Suelen terminar discutiendo fuerte, como con todo lo relacionado con la fundación. Él no se ha mostrado entusiasmado, pero no porque no le gustase el proyecto de Mónica, sino porque sabía que eso iba a chocar con Arturo y sus criterios de empresa. Nunca había visto a su mujer con ese brillo en la mirada mientras le contaba su idea y también sintió la decepción absoluta en sus ojos ante su falta de compromiso. En ese momento se acrecentó todavía más su crisis personal y el distanciamiento entre ambos.

Por otra parte, ve como una oportunidad charlar con Silvia y así averiguar lo que ha pasado. Puede que ella tenga más información si ha hablado con Mónica o su asistente y arroje algo más de luz. Le va a venir bien tomarse un café con ella. Tal vez luego llame a Arturo para contarle la situación con los transportes, aunque no disponga de todos los datos. Apaga el cigarrillo y entra otra vez en la oficina. Nunca pierde los estribos y trata de transmitir calma. Él está ahí para solucionar y va a seguir en ello.

—Me vais a disculpar, vamos a dar por terminada la reunión. De momento, no podemos hacer nada más. Voy a intentar enterarme de algo más y os iré informando. Voy a reunirme con Silvia y si sale algo nuevo o por dónde podemos tirar de manera más concreta os digo algo. Tranquilos, sea lo que sea, ya me ha quedado claro que no es cosa nuestra. Luego hablamos.

# 29

# Solo

## Arturo

*13.50*

—No podemos obviar el potencial de los países árabes para la ampliación de nuevas formas de negocio. Y los espacios que están abriendo para mano de obra y puntos neurálgicos de logística más barata y sin preocupaciones de…

A Arturo hace mucho que no le interesa nada de lo que están exponiendo sus colegas. Tiene la cabeza en otro sitio. No obstante, es capaz de disimular y fingir que es el que más atento está en toda la sala. E incluso ha tenido un par de intervenciones que no han dejado indiferentes a los demás. Nadie ha notado su hartazgo y desdén, ha saludado, ha sonreído, ha estrechado manos y ha regalado abrazos. Es lo que tiene la experiencia y llevar años en la palestra de los negocios y ser uno de los referentes del país, que sabe estar, una de sus grandes virtudes. Con poco que diga, consigue el efecto deseado y que los demás le respeten y le teman. No pasa desapercibido y, a poco que haga, su presencia en la sala está justificada.

Observa a cada uno de sus compañeros y siente que le importa muy poco lo que se está diciendo o debatiendo ahí. Se ha organizado la reunión a la perfección, como siempre. En un hotel de cinco estrellas de Madrid, con todo detalle. No falta un catering de lujo y todo lo necesario para las intervenciones de cada uno: pantallas, proyector, portátiles en marcha con todas las tecnologías a su servicio…

Pero Arturo no está ahí, aunque nadie lo note. Se ha puesto las gafas de ver y hace como que revisa uno de los dosieres que han pasado a los asistentes. Viste como siempre en estas ocasiones: una camisa, un jersey liso, unos pantalones un tanto anchos y unos zapatos del mismo color; nada en su aspecto o en su manera de vestir sobria denota que es un gran empresario, sino que es su actitud y su forma de hablar lo que más le delata. A pesar de su edad, su pelo es oscuro, gracias al tinte, y siempre va bien peinado. Cuida su imagen a su manera. A él el lujo excesivo no le va en absoluto, porque es un hombre de resultados, que valora el esfuerzo. A los sibaritas no les tiene demasiada simpatía. Cuando empezó no tenía casi nada, todo ha sido fruto de mucho trabajo. Por eso esas reuniones, esos lujos, ese cuidado al detalle no le seducen ya. Con eso no se le adula, y menos ese día…

Lo sabe, tiene que aguantar un rato más por esos lares. Es un profesional y así lo hará hasta el final, pero no puede parar de darle vueltas al último mensaje que le ha mandado Humberto. Le ha dicho que Mónica no estaba en su mejor día y que no ha podido sacar nada en claro. Humberto es su mejor amigo, su hombre de confianza; por eso le ha pedido no solo que tomara ese vuelo, sino que hablara con su hija, por si tenía mayor suerte que él. No le gusta que no le haya explicado mejor qué le pasa a Mónica o en qué tono se ha desarrollado esa conversación. Además le extraña que desde hace un rato no puede contactar con el avión. ¿No va a saber nada hasta que aterricen en Bruselas? No ha vuelto a tener noticias de Humberto ni de nadie.

«Mónica, hija mía, ¿es que ya nunca más vamos a entendernos?». No quiere reconocerlo, pero está cansado de esa situación. Y, si le apuran un poco, le gustaría que Rodraprex empezara una andadura en la que él pudiera estar un poco al margen. Tal vez lo piensa porque no se encuentra al cien por cien esta mañana.

Los años le pesan. Ha pasado mucho en su vida. Sobre todo con su mujer, Adela. Y, luego, lo de Alejandro... Él siente que ese golpe le hizo envejecer diez años de repente. Mónica no le ayuda mucho, la verdad. Últimamente recuerda demasiado, ¿se está volviendo un sentimental?

Sabe que es de mala educación mirar el reloj, pero no puede evitarlo. No es algo que haga habitualmente, pero hoy está inquieto y tiene demasiadas ganas de salir de esa sala. No le apetece hacer relaciones públicas. Busca alguna excusa. No aguanta ese lujo, esas caras que hoy siente más falsas que nunca, ni esos discursos que le parecen que no llevan a ninguna parte. No entiende lo que está sucediendo y se arrepiente de estar en Madrid cuando él necesita quedarse en Galicia.

Nunca ha sido un hombre que se arrepienta del pasado o se replantee la vida, nunca piensa si podría haber hecho algo mejor..., pero esta mañana se siente distinto, le vienen demasiados recuerdos a la cabeza... Y sobre todo echa muchísimo de menos a Adela, a su amada esposa. De pronto piensa si todo el trabajo y el tiempo que ha dedicado a Rodraprex han merecido la pena.

Se quita las gafas, deja el dosier en la mesa y sonríe al siguiente ponente, un *general manager* o CEO, que hablará de algo que tampoco escuchará. De nuevo se pone la máscara de empresario poderoso, pero por dentro se siente tremendamente solo.

# 30

## Otros tiempos

### María

*14.00*

María está terminando de organizar el aperitivo de los pasajeros, rápido y ligero. Lo hace con esmero, le encanta su profesión. Le explica a Dámaso la preparación de cada plato con gran detalle, pero también tiene cuidado en transmitirle los gustos de cada uno y cómo hay que servirles. Dámaso ha adquirido bastante experiencia, pero quiere formarle del todo para que su servicio sea excelente. María los conoce bien a todos, incluso a Beatriz, que apenas ha hecho unos viajes con ellos. Tiene claro que no solo son unos camareros de vuelo, como menosprecian algunos su trabajo. Su responsabilidad es que cada vuelo, que suelen ser viajes relámpago, transcurra con comodidad. María se siente hoy especialmente nostálgica, aunque no sabe muy bien a qué es debido. No hace más que contarle batallitas a su compañero.

—Anda que no llevo tiempo volando. Me sé los gustos de cada uno. A Humberto, ¡que no le falte el cóctel de marisco! Menudo disgusto se va a llevar cuando sepa que hoy no lo incluimos en el menú. A Arturo no le puede faltar nunca una buena carta de vinos…, aunque últimamente no suele venir, casi todos los viajes los hace ya Mónica… —Calla de pronto.

Dámaso la mira y se ríe.

—Bueno, y a Mónica, ¿qué le agrada?

—¿A Mónica? Un buen chocolate la hace feliz —suspira.

—Vamos, ¿qué estás deseando contarme?

—Nada, Dámaso. Solo que echo de menos esos viajes en que Arturo y Humberto no dejaban de trabajar, de intercambiarse papeles y datos, y entre medias no paraban de pedirme cosas para picar y beber. Siempre me preguntaban mi opinión o me contaban los proyectos en los que andaban metidos o algún tipo de anécdota. Yo me divertía trabajando. Ahora entiendo que se está dando un relevo natural y que Mónica no es Arturo, pero nunca lo hemos hablado. Y, no sé, a veces creo que no logro conectar con ella…

—María, por favor, pero qué dices. Lo que pasa es que todo el mundo tiene sus días buenos y sus días malos. Tú eres la reina de los vuelos de Rodraprex —bromea Dámaso.

—Sí, si tienes razón. Pero, Dámaso, yo he estado siempre al pie del cañón con esta familia y esta empresa. He tratado de hacer mi trabajo y atenderlos de la mejor manera posible; sin embargo, últimamente no me siento valorada y…

—Eres buenísima. No te me pongas triste, cambiemos de tema. —Dámaso no quiere que su compañera siga dando vueltas a un asunto que le preocupa visiblemente—. Vamos a lo que me interesa. —Levanta las cejas—. No logro sacarle ni dos palabras a Ignacio en este vuelo, ¿no le notas como más serio? —Sin esperar respuesta, sigue con el juego—. Pero, bueno, da igual, ¿tú has visto cómo le sienta ese uniforme? Es que me pongo malo…

María se echa a reír.

—Anda, déjate de estupideces. Y estate atento. Para Beatriz no son esas patatas fritas, ella siempre quiere la guarnición de ensalada. Por favor, ¡vigila esos detalles!

Dámaso sonríe a su compañera, sabe lo que le gusta el trabajo bien hecho.

—Que sí, María, que sí. —Enumera con ironía—: Ya sé que a Humberto no le gusta tomar las cosas frías, que Beatriz es la sana y la de las bebidas siempre sin gas y que Mónica es muy estricta con su dieta...

—Sí, cada vez más...

María observa cómo Dámaso dispone el refrigerio, bien y rápido. Es eficaz y, sobre todo, le nota vital, fresco, y sabe que eso lo están apreciando mucho los clientes. Es muy educado y, al mismo tiempo, coqueto. Además es detallista y pulcro, le gusta colocar todo de manera armónica y es exigente con la calidad de las servilletas y los cubiertos. Sabe que va a ser muy bueno, ya lo es.

Los dos se preparan para servir a los pasajeros. Dámaso se mueve bien por el pasillo y lleva con destreza las bandejas. Es delgado y esbelto y el uniforme de Rodraprex le sienta de maravilla: pantalones de pinza azul marino, polo blanco de manga corta y chaqueta a juego con los pantalones. Cómodo y elegante. Igual que su pelo corto y sus gafas de montura fina, en una mezcla de seriedad y jovialidad. Su compañera lo mira con orgullo. María tampoco ha tenido problemas con su vestimenta: zapatos de tacón oscuros, falda de tubo y rebeca azul marino con la blusa blanca. Acostumbrada a la indumentaria, se mueve con agilidad en el estrecho espacio donde preparan las comidas y las bebidas. Siempre va peinada con un moño alto en el que se vislumbra alguna cana.

Dámaso vuelve con la bandeja de Humberto al habitáculo donde María está organizando los platos de otro de los viajeros.

—Humberto me ha dicho que no está demasiado caliente...

María mira al abogado, preocupada. No ha escuchado nada, pero cree que no ha tenido una conversación fácil con Mónica. Le ve demasiado apesadumbrado, y esa actitud no es habitual en él. Ella ha vivido momentos duros con Arturo y Humberto, vuelos donde han tenido que preparar reuniones a la velocidad del rayo o tomar decisiones serias, pero siempre con energía y fuerza. Desde que ha subido al avión lo ha visto en tensión y sin soltar el móvil; supone que habla con Arturo. Y para colmo, aunque no le ha comentado nada, están sin wifi.

—Dámaso, hoy es uno de esos días en los que hay que tener más mano izquierda con las personas que con las bandejas; no te preocupes, yo me encargo.

—Todo tuyo. —El joven acepta el ofrecimiento como un pupilo dispuesto a mejorar su técnica de trabajo.

María se acerca respetuosa a Humberto. Se apoya en el respaldo y mantiene la distancia precisa.

—Don Humberto, cómo va todo. No hemos podido hablar apenas.

—No está siendo un día fácil, María.

—Lo siento. ¿Cómo está la familia?

—Pues, mira, María, ya que lo preguntas, con ellos es con quien me gustaría estar.

La azafata no se puede creer que esas palabras salgan de la boca de Humberto. Él siempre ha priorizado todo lo relacionado con la empresa. No se sincerará, pero lo nota cansado.

—Quién me lo iba a decir, María. Pero hoy más que estar en este vuelo hubiese querido estar con mi nieta. Era un día importante para ella y lo íbamos a pasar juntos. Pero, ya sabes, Rodraprex es lo primero…

—¿Por qué era un día especial para ella? —María siente que se lo puede preguntar porque, adivina, él se lo iba a contar de todas las maneras.

—Hoy tenía una prueba importante para formar parte de la orquesta sinfónica de A Coruña. Le encanta la música y toca de maravilla el violín. Yo pienso que tiene mucho talento… Así que, con los problemillas que tenemos hoy por aquí, ya te puedes imaginar cómo le ha sentado a Uca que hasta en un día como hoy haya tenido que…

—Sí, lo imagino. Bueno, al menos ella sí que ha podido ir. —Se queda en silencio, medita unos segundos y añade—: Don Humberto, sabe que si necesita hablar o desahogarse puede hacerlo conmigo. Recuerde que han vivido otros vuelos con situaciones complicadas y siempre han salido adelante.

—Te lo agradezco, María. Perdona, es que hoy tengo tensión doble. Arturo está muy nervioso y Mónica no me lo está poniendo fácil.

María, en su afán por animarle, le recuerda una anécdota.

—Don Humberto, me está viniendo a la cabeza ese viaje a Nueva York, cuando don Arturo y usted tenían todo en contra. No sabían si iban a conseguir un contrato importante, buenísimo para la empresa, tal como me contaron… —Hace una pausa para ver si al abogado le suena lo que le dice. Humberto la mira extrañado como pidiendo más información—. Era con los que arrendaban el edificio, ese tan grande y espacioso, y dudaban de cómo se iba a resolver el tema del pago principal. Había otras ofertas sobre la mesa o algo parecido… ¿Recuerda que celebramos el éxito ya en el trayecto de vuelta?

El abogado sonríe.

—Claro que me acuerdo, María. No quedó ni una sola botella de champán.

—Ni una, don Humberto. ¡Ni una! —Sonríe también con algo de melancolía en sus ojos. Antes de caer en los recuerdos de tiempos mejores incluso para ella misma, retoma su intención inicial—. Va a pasar exactamente lo mismo, ya lo verá. Igual sin tanto champán. En nada va a estar al lado de su nieta para celebrar lo bien que le ha ido la prueba…

—Te lo agradezco, María.

Después de terminar de servir el aperitivo, María y Dámaso se reúnen de nuevo en la cabina.

—¡Misión cumplida, María! ¡Eres la mejor!

María se ríe.

—Haz el favor de no ser payaso.

# 31

## Sensaciones extrañas

### Mónica

*14.15*

«Tengo que confiar en que va a salir bien. Tengo que ceñirme al plan. Confiar. Soy una Rodríguez. Solo deseo que todo esto termine... Como tenga otra conversación como la que he tenido con Humberto no sé si voy a ser capaz de mantener la calma. Cómo echo de menos sentirme libre y no llevar todo el peso sobre los hombros. Estoy realmente cansada. Y para colmo me saca el tema de México. No me lo puedo creer. ¿Va a salir mal por eso? Por supuesto, no lo esperaba de otra manera, no solo me hacen responsable, sino que enseguida se me quiere cortar la cabeza o protegerme como una niña de cristal. Es insoportable».

Mónica no se cree todavía la reunión de esta mañana ni que ahora vaya camino a tener que dar explicaciones. No contaba con eso. Tiene una sensación extraña, como de estar entre la espada y la pared. Como si no pudiese salir de un hoyo gigantesco.

«Hay que confiar. Va a funcionar», repite como un mantra. Sonríe por un instante. ¿No le enseñó siempre eso su padre?

¿No le dijo que había que ejecutar los planes empresariales hasta el final, no salirse del guion, ser implacable? Pues eso va a hacer.

No quiere contacto visual ni con Humberto ni con Beatriz. Solo cerrar los ojos. Se ha dado cuenta de que no hay wifi, pero ni ha protestado, por ella como si no tiene contacto con el exterior hasta que aterricen. Más tranquilidad…, menos respuestas que dar.

Solo desea descansar, poner orden a sus pensamientos y recuerdos, darle sentido a todo, meditar lo avanzado, proyectar que va en el camino correcto. Es bonito dejar una huella y va a luchar por que la suya sea buena. En la oscuridad, con los ojos cerrados, viaja mejor a sitios o lugares donde ha sido feliz. Recuerda México y cómo se enamoró de ese país. Sobre todo de la cultura indígena, de la sabiduría de esas mujeres, de sus telas, sus tejidos, de esas prendas a lo Frida Kahlo que tanto la inspiraron, de su manera de coser, esa tradición que lograron preservar hasta la llegada de las macroempresas del sector textil.

Se apasionó con la fundación y los proyectos sociales que, gracias a ella, podría impulsar luego por toda Latinoamérica; recuperó también la ilusión por el trabajo y por la empresa. Veía una manera sostenible de hacer las cosas ayudando a las comunidades indígenas y fomentando la elaboración artesanal de tejidos, tintes y prendas, prendas destinadas a durar, sin satisfacer tendencias pasajeras. Mónica deseaba crear ropa útil, aspiraba, más allá de ir a la moda, a una representación cultural mediante la vestimenta que visibilizara la diversidad étnica que reunía en torno a la confección. Lograba así un sentido de la pertenencia para estas comunidades. Así que después de tiempos muy oscuros se enfrentaba al día de nuevo con entusiasmo. El apoyo de su mano derecha, de Maite, fue clave. Nadie apostó tanto por este macroproyecto que no solo daría otra imagen al imperio textil de su padre, sino que a la larga conllevaría también beneficios y prestigio.

Quizá no se lo supo transmitir bien a su padre o no logró contagiar a Jairo, aunque hacía ya tiempo que era imposible contagiar algo en ese matrimonio. Y Ramiro, tampoco se podía contar con él en algo así. Ante la mínima posibilidad de que ella amasara más poder, él se opondría y buscaría todas las trabas posibles, de manera sutil, eso sí, para que fracasara.

Mónica tiene la sensación de que todo se ha derrumbado, y eso que lo ha luchado. Además, pensaba que iba a llevar mejor no tener a Maite las veinticuatro horas del día a su lado…, y se equivocaba. Beatriz lo está dando todo en este viaje. Sí, es competente y buena trabajadora, pero ahora no puede hablar con ella. No sucumbe ante la presión ni el estrés. No la está agobiando ni está lloriqueando… Pronto entenderá dónde está metida realmente. Tiene la sensación de que va a aprender rápido y bien y de que va a defenderse. Siente una punzada. Cómo le gustaría que estuviese Maite ahí y poder desahogarse. Es la única que la conoce bien, la única que conoce su lucha en esta jungla.

«¿Qué nos ha pasado? ¿Cuándo saltó nuestra familia por los aires? ¿Cuándo mi padre dejó de ser mi héroe para convertirse en un vulgar villano? ¿Cuándo me di cuenta de que mi vida estaba absolutamente dirigida? ¿Cuándo descubrí que me hundía en tierras movedizas de las que no puedo salir, pero tampoco ahogarme?».

La enfermedad y la muerte de su madre la hicieron despertar de muchas cosas, o, mejor dicho, empezó a mirar a su padre con otros ojos. Se dio cuenta de que su madre siempre había sido el pegamento y la que había equilibrado las tensiones, sobre todo entre Arturo y Alejandro. Con su falta comprendió que su padre solo quería que sus hijos, los Rodríguez, estuviesen al frente del imperio textil que estaba construyendo. No le importaba nada más. Todos sus movimientos se encaminaban hacia esa meta. No les dejó otra opción.

Por eso, cuando Alejandro se rebeló, Arturo no lo encajó nada bien. Su hermano muchas veces había discutido con Mónica, pues no entendía cómo ella aguantaba todo a su padre, aunque también reconocía que admiraba su fuerza y energía. Eran discusiones sin importancia, porque los hermanos se adoraban. Pero ahora ella no puede evitar recordar esas conversaciones con Alejandro. El sentimiento de culpa aflora, quizá pudo estar más cerca de su hermano, entenderlo mejor. También pudo poner más límites a las ambiciones de su padre respecto a ellos y pedirle que rebajase sus exigencias.

El día que Alejandro se enfrentó a Arturo y le dijo que pondría en pie sus propios sueños, que no tenían nada que ver con Rodraprex, sufrió el acoso y derribo del padre. Arturo, no sabe ya si consciente o inconscientemente, no reprimía sus comentarios despectivos hacia todo lo que emprendía Alejandro. Se vio incapaz de encajar que su propio hijo no cumpliese con sus expectativas, que no luchara por lo que él consideraba el bien de la familia, la empresa que los mantenía a flote…

Cuando murió Adela, el equilibrio estalló por los aires. Alejandro perdió su apoyo sin fisuras, su defensa a capa y espada. Y todo se deterioró más y más. Mónica trató de mediar, de hacer lo que podía, pero siempre va a cargar con la sensación de que acaso no hiciera lo suficiente. Arturo mostraba su hostilidad por que su hijo ya no fuese su sucesor y le exigía a ella cada vez más responsabilidades en la empresa. Le descolocó totalmente no contar con su hijo. Mónica se atrevería a afirmar que pensó en ella para dirigir la empresa porque no tuvo más remedio, que Alejandro siempre fue su opción segura. Para ella tendría otros planes dentro del imperio…

Con el suicidio de Alejandro, Mónica se quedó más sola todavía. Desolada. Y su padre solo daba mordiscos y zarpazos. Toda la responsabilidad recayó sobre ella y Arturo la presionaba con que debía prepararse para todo…, no solo con palabras, también con hechos. Ella sintió que ya no tenía el rumbo de su vida, que su padre tomaba parte, con pulso de hierro, hasta en sus decisiones más íntimas y privadas. Su padre, como el rey de la jungla, se había erigido en omnipresente. Ella no sentía un respiro. Le dolió profundamente que Arturo no confiara en ella; la puñalada definitiva fue cuando entró Ramiro en el imperio. Mónica se había sacrificado por la empresa, le había entregado los mejores años de su vida sin tener otra opción o perseguir otros sueños. Y, de pronto, con la llegada de Ramiro, sus estudios, sus méritos, su esfuerzo, sus desvelos por la empresa... no servían de nada. Arturo sería capaz de sustituirla, a ella, a su propia hija, en cualquier momento.

Todo lo que había pasado con la fundación solo había sido una gota más que colmaba un vaso a punto de rebosar. La indiferencia, la falta de apoyo e incluso las miradas hipócritas y las palabras falsas hacia un buen proyecto... Arturo no veía nada bueno en la fundación, todo eran peros, de modo que Ramiro se sintió libre para lanzar pullas, elegantemente elaboradas, sin parar. De pronto esa ilusión que sintió con todo lo relacionado con México se antojaba ahora un espejismo; querían arrebatarle ese aire fresco a toda costa, desde el principio. Así empezaron a entretenerla con otras responsabilidades en Europa, como eventos a los que ni siquiera le apetecía ir, sin reconocerle el esfuerzo y el tiempo que había dedicado en las diversas incursiones en tierras aztecas para demostrar que su idea podía ser una realidad.

Abre los ojos. Respira. La están removiendo todos esos sentimientos, emociones y recuerdos.

La fundación es un buen proyecto y a la larga sería algo bueno para Rodraprex, Mónica está segura. «Hay que confiar. Hay que confiar. Hay que confiar. Ese es el plan. Ese es el plan. Ese es el plan», se repite su mantra. Solo tiene una certeza en su vida, y siempre la lleva a esa habitación de hotel en México, a esa cortina que movía la brisa... y a esas caricias que su cuerpo hacía tiempo que anhelaba...

No quiere que la domine la furia. Solo desea que todo salga bien, pero no se esperaba tener que enfrentarse esa mañana con la prepotencia de Ramiro. Está demasiado deseoso de convertirse en el rey de la jungla, se le nota demasiado. Y va a hacer lo posible por pillarla, por desacreditarla, por hundirla... No le apetece darle ese placer. Lo ve hurgando en todo lo relacionado con los transportes y Polonia, saltándose incluso a Jairo, y no puede evitar ponerse mala... Qué ganas tiene de que las cosas se coloquen. Cierra de nuevo los ojos. Sí, a pesar de todo ella desea dejar una huella, una buena huella. «Va por ti, Alejandro. Va por ti, mamá... Y, aunque no quieras, también va por ti, papá».

# 32

## Demasiadas incidencias

### Ignacio

*14.20*

Ignacio lleva un rato observando a su copiloto. No han hablado durante los últimos minutos, Javier se muestra concentrado en el vuelo. Hasta ahora ha querido darle toda la confianza, que se sienta a gusto con él. La verdad es que Javier le ha pillado por sorpresa, habría preferido que Arturo o los de Recursos Humanos, cuando Crespo anunció su prejubilación, le hubiesen consultado. Estaba seguro de que le permitirían decidir con quién quería volar o no. Para él hubiese sido más cómodo y fácil. No obstante, ha recibido bien a su nuevo compañero, lo quiere de su parte, pero también que sepa quién lleva el mando. Tiene que comprobarlo mejor, asegurarse de que todo va a ir bien. Ignacio carraspea y le dice:

—Javier, no estoy del todo tranquilo. No he querido decirte nada hasta ahora para no preocuparte, pero todos estos fallos no me están gustando y, bueno, estamos teniendo distintas incidencias que no tienen mayor importancia, pero, sumándolas todas, siento que algo no va bien, los fallos eléctricos son muy traicioneros. Vamos a volar un poco más bajo y nos quitamos un descenso inmediato en caso de que algún fallo más nos obligue a bajar. Me da cierta seguridad y margen de maniobra saber que, además, no estamos lejos del aeropuerto de Élesmes. Quizá la mejor opción para cumplir el *land at the nearest suitable airport*.

Javier lo mira extrañado, se nota que no entiende muy bien su reacción. Es cierto que hasta este momento el piloto no se ha mostrado inquieto, sino que ha actuado en todo momento con total normalidad. Pero ahora, para su sorpresa, le está dejando entrever que tal vez tienen que desviarse y buscar un aeropuerto más adecuado para el aterrizaje.

—Necesito que hagas las comunicaciones pertinentes para que podamos bajar de nivel. —Ignacio, al observar cierta extrañeza en el rostro de Javier, explica—: Javier, es normal que el Bombardier tenga este tipo de fallos, ya te he dicho antes que es un avión bastante especial. Mira, hace nada, en un vuelo similar a este en cuanto a distancia, uno de los dos motores marcaba más temperatura que el otro, sin ninguna explicación. Así que, como esos datos bailaban y a pesar de que confiaba en que llegaríamos bien al destino, me sentí más tranquilo volando más bajo, ya sabes, por si se paraba un motor no tener que hacer un descenso de emergencia.

—Pero lo han revisado, ¿no?

A Ignacio no termina de gustarle la pregunta. Tiene toda la pinta de que está intentando ganar tiempo, que no entiende la orden, pero él no tiene que entenderla…

—Sí, claro, Javier. Nunca se vuela sin revisar el avión —le dice con tono condescendiente—. Además hay que reportar siempre todo a Julián, nuestro mecánico jefe de mantenimiento en Galicia. Él se ocupa de dar la atención necesaria a la aeronave. Me fío a ciegas de él, pero es que lo que ha pasado hoy no me había ocurrido nunca y quiero tener más cuidado, ¿vale? —Da así por finalizada una discusión que no debe producirse.

El copiloto guarda silencio, pero Ignacio nota cierta duda en su mirada. Esta vez sí le sale tratarle como un novato, como si no tuviese horas de experiencia. Es cierto que Javier respeta escrupulosamente la jerarquía dentro de la cabina e incluso minutos antes ha mantenido una conversación agradable con él y ha notado que escuchaba con admiración su relato sobre Afganistán, pero tiene que asegurarse de que su copiloto va a obedecerle sin cuestionarle.

—Es solo por precaución y para que tengamos capacidad de desviarnos si es necesario. Sabes que, si finalmente tuviésemos que declarar una emergencia por este fallo, tendríamos que pasar un montón de información sobre el pasaje, el combustible que llevamos y un sinfín de cosas más, y todo para que al final no pase nada, como será lo más seguro. Si tan solo advertimos de que tenemos un fallo menor, podemos descender sin necesidad de dar más datos al controlador, que estará agradecido de no tener más quebraderos de cabeza con otra incidencia.

Javier no responde y, como ha comprobado que no le falta iniciativa y que es muy inteligente, le pregunta:

—Sabes qué pasaría si selecciono una altura inferior en el *autopilot* sin que nos hayan autorizado a bajar, ¿verdad?

—Sí, claro que lo sé. Se pondrían en contacto con nosotros desde la torre para decirnos que no estamos autorizados a esa altura que hemos seleccionado.

—No esperes más entonces. Llama.

—¿Estás seguro?

Ignacio es consciente de que tienen que comunicarse con un control de aproximación, que es una frecuencia de radio determinada, que no tiene que ver con la torre de control del aeropuerto de Bruselas. Eso le va a dar más margen de maniobra para actuar. Mira severo a su compañero.

—Estoy seguro, Javier.

El copiloto obedece al comandante y se dispone a realizar las comunicaciones para dar aviso de que van a volar más bajo.

# 33

# Al acecho

## Ramiro

*14.25*

Menuda mañana de perros lleva. Se acerca la hora de comer y no tiene todavía nada claro. Por otra parte, Ramiro no ha descuidado las llamadas habituales que se esperan de él, por muchos quebraderos de cabeza que le esté dando todo el jaleo del transporte en Polonia…, y más todavía lo que se intuye detrás. Aunque tiene sobrada capacidad de concentración y sabe lidiar bien con el conflicto (es experto en crearlos), no le gusta reconocer que está inquieto porque esta vez no acierta a ver qué se le está escapando. No le ha gustado nada su conversación con Arturo ni el tono que ha empleado con él. Y, sobre todo, le preocupa haber menospreciado a Mónica. ¿Ha podido hacer movimientos en el tablero de ajedrez que él no haya valorado? No queda mucho para que lleguen a Bruselas y quiere tener algo para entonces…

De pronto, frente al ordenador, es consciente de que no está atento al trabajo; se le escapa una sonrisa irónica. Por primera vez, en su expediente como tío frío que es y especialista en generar conflictos y malos rollos en beneficio de la cúpula, él no tiene nada que ver con la que hay montada. Sin embargo, sabe que no se puede quitar la etiqueta y que todos le apuntan, incluso Arturo. Se siente como el príncipe de la selva a punto de rompérsele la liana y partirse la crisma. Todos le señalan y nadie apunta a la dama... A Mónica, aunque odia su papel de víctima, siempre se le ha dado bien la etiqueta. Desde que él entró en la empresa, vio a una niña rica dolida por no sentirse valorada por el padre jefe... Siempre supo que podía atacarle por ahí.

¿Ha podido Mónica tenderle una trampa? ¿Se trata de una venganza cocinada a fuego lento? Ella nunca ha disimulado que no le molestase su presencia y han protagonizado varias reuniones incómodas con Arturo donde le echaba en cara a su padre que no la veía capacitada para el puesto, mirándole con una furia nada buena para los negocios. Nunca dejes ver tus emociones, eso él lo sabe bien. Su rival es buena en su trabajo, lo reconoce, pero, tras esa máscara fría, emergen las emociones, y más de lo que ella cree... Él está muy acostumbrado a leer los rostros de sus contrincantes. Con Mónica y Arturo él nunca ha perdido los nervios, ha actuado de la manera más profesional y le ha hecho ver a su rival que iba a por todas, que ganas no le faltaban.

Ramiro siempre ha pensado que Arturo lo llamó para que se hiciese cargo de Rodraprex y que deseaba sustituir a su hija de una manera natural, aunque nunca lo dijo o lo dejó ver. Sabe que es perro viejo, que quiere asegurarse la sucesión y que la empresa funcione tal y como él desea. Pero hoy le ha visto flaquear, hoy le ha visto ejercer de padre, de repente no tiene tan claro que el trono sea para él... Quizá haya sido un iluso y Arturo, en verdad, solo pretendiese avivar la rivalidad con su hija para que ella creyera peligrar su puesto para dirigir la empresa y para que aguantase todas las presiones. Tal vez él solo formaba parte del entrenamiento que Arturo estaba elaborando para su hija.

Tiene la sensación que en todo el jaleo que hay montado algo se le está escapando. Algo grande. Necesita pensar. El objetivo lo tiene muy claro: quiere conseguir información que apunte directamente a Mónica. Una orden ejecutada que denote una metedura de pata, algún documento que haya firmado, una luz verde que haya dado en uno de los procedimientos que haya desencadenado todo el caos... Desde primera hora de la mañana se ha puesto con ello, ha querido incluso que se metan las narices en su feudo, en México, y en la fundación. Está seguro de que algo ocurre. Lo huele. Pero no tiene nada que mostrar a Arturo. Si encuentra ese cabo suelto, a Arturo no le quedará más remedio que darle el control absoluto de la empresa. Y además se lo daría con motivo, no porque sí... No le apetece ser el segundo plato ni la opción b, por si el gran señor decide en un momento dado que su hija no sea la elegida.

Él no se chupa el dedo. Ha estado preparando el terreno. No ha perdido el tiempo ni un segundo desde que entró en ese despacho. Él, en esa jungla, ha estado siempre al acecho, dispuesto a dar el salto y a desatar la furia cuando sea necesario, a la sombra de Arturo y esperando la metedura de pata o el despiste de la hija del jefe. Esta mañana creía que ese momento había llegado, aunque ahora ya no lo tiene tan claro. A la sombra de Arturo, pero no de los demás. Todos los clientes, los empleados de otros departamentos, todos han visto cómo se las gasta y cómo cada vez asumía más responsabilidades. La mano derecha de Arturo, ese era él. No podía quedar duda alguna. Y tocaba aplastar a quien fuese... ¡ya!

Piensa en Lupe. A la secretaria no la ha podido engañar con su estrategia, esta no le ha rendido pleitesía y con sus años de experiencia ha olido su ambición. Tenía que haber sido consciente de que las secretarias invisibles saben más de lo que dicen y de que la lealtad para con Arturo es inquebrantable. No volverá a fallar en eso. Ya lo ha aprendido. Así se aprende, lo sabe. Con golpes y fallos, pero ya la tiene calada. Ya es gacela cazada…

En esa jungla hay que ser inteligente para contar con aliados. Y él en Rodraprex los huele. Algunos son afines a su manera de trabajar; otros, lo sabe, no apoyan a Mónica porque les fastidia que sea la hija del jefe, no les cae bien o no creen que Arturo termine dejando la empresa en sus manos; y también los hay que simplemente le temen y nunca le llevarían la contraria. Pero hoy ha de ser listo. ¿De qué hilo puede tirar? Siempre hay un hilo suelto del que tirar.

Sabe que debería hablar con Jairo, el marido de Mónica. Es el responsable de todo el sistema de transportes y una pieza importante en el engranaje de la empresa, y más en momentos en los que padre e hija están en lugares distintos, como hoy. Arturo le protege, no les ha hecho coincidir más que para lo cordialmente necesario, como si escondiera a su yerno de él. Lo entiende. Ni siquiera es que sean dos gallos en un espacio reducido. De sobra se sabe quién es el gallo. Quizá por eso no se le debe alimentar de golpe, y Jairo es presa fácil. Hasta le da pena porque sabe que no va a ascender, que el ascensor no va a subir más allá de su propia planta, a pie de calle…, pero, claro, no todo el mundo tiene su hambre.

Va a llamarle, no es lo que más le apetece, pero al menos se divertirá un rato, estar a la espera le aburre y le hace bajar la guardia. Él puede tener más información. Jairo es un contacto interesante porque es un hombre bisagra. Está en contacto con los más poderosos, pero también trabaja mano a mano con la gente de abajo. Y ahí es donde a veces se descubren mejor las cagadas, porque hay auténticos supervivientes que, con tal de ganarse el favor del jefe, el ascenso o la mejora de sueldo, cantan que da gusto. Quizá Jairo sepa ya algo más. Y no, no son ni serán colegas ni le interesa lo más mínimo lo que pueda pensar de él, pero le tiene por un hombre pulcro y responsable con su trabajo y no le va a evitar. Jairo cree que por encima de todo está la empresa y que en momentos así, para encontrar la solución, hay que hablar incluso con individuos a los que no les diriges la palabra. Ramiro cuenta con que no le confiará nada en contra de su mujer, pero sí intentará resolver el entuerto, buscar soluciones y responsables, indagar dónde ha fallado la cadena. Está seguro de que va a poder sonsacarle buena información.

No le quedan muchos hilos de donde tirar. Con Lupe no puede contar y se imagina cómo estará Eugenio en México, aterrorizado por perder su empleo, tratando de averiguar como loco dónde ha metido la pata. Seguro que Arturo ya lo está presionando, no va a soltar prenda si no es al gran jefe. Miguel sigue trabajando a tope, espera que no le falte mucho para soltarle algo ya.

Sí, va a llamar a Jairo. Tiene que pensar cómo empezará la conversación. Tal vez le diga que si sabe algo de Mónica, que cómo está, como si se preocupara por ella. Le suele funcionar comenzar por lo más obvio de la manera más suave. Pura estrategia importada de Estados Unidos. A veces no le queda más remedio que comportarse como los americanos, que no le gustaban ni un pelo, pero que tanto le enseñaron años atrás. Igual no se lo tragará, pero no es una mala manera de enfrentarse a la situación, como dos caballeros en la selva a punto de cazar al mismo tigre… ¿O el tigre es él? Vuelve a sonreír al tiempo que se reclina en su silla de escritorio.

# VI

# Depredadores

# 34

# Desvío

### Javier

*14.30*

Ya están volando más bajo. Javier sigue pensando que va a aprender al lado de Ignacio, pero sinceramente le ha extrañado ese cambio de actitud en el comandante. Hasta que no le ha dado esa orden no había mostrado que le importase la jerarquía en la cabina, incluso había tenido la sensación de que había querido acercarse a él. Pero ¿por qué al comandante, cuando primero no les había dado importancia, ahora de repente le preocupaban los pequeños problemas que a él le habían extrañado desde el principio? Es el primer vuelo y tiene claro que prefiere no cuestionar nada. Ha intentado ganar tiempo y es consciente de que le ha hecho preguntas estúpidas, como si fuese un principiante, pero cree que apenas queda nada para aterrizar en Bruselas... Él no habría hecho nada, pueden llegar perfectamente a la capital belga. Quiere llevarse bien con Ignacio, pero este acaba de dejarle bien claro quién lleva el mando. Por otra parte, está preocupado de que sigan sin wifi, ¿y si Arturo quiere comunicarse con él? ¿Debería informarle de estos pequeños percances que están teniendo? La voz del comandante interrumpe sus pensamientos.

—Javier, creo que todo lo que está pasando en el avión es un motivo suficiente para aterrizar lo antes posible. Sigo sin estar tranquilo. Tenemos un aeropuerto alternativo aquí al lado.

—¿Te refieres a Élesmes? Sí, lo has nombrado antes, pero ¿no crees que Bruselas nos queda casi a la misma distancia?

—Lo sé, tienes razón, pero en el aeropuerto de Bruselas va a haber mucho tráfico y tardaremos más que si me desvío ahora al de Élesmes, donde prácticamente no va a haber nadie. Lo conozco bien. Además, si realmente tenemos un fallo y necesitamos que venga Julián a revisar el avión, vamos a tardar menos con todo el proceso, porque en Bruselas va a ser difícil conseguir autorización para Julián y que pase las piezas que nos puedan hacer falta, y para los pasajeros no va a ser más pesado. En Élesmes aterrizamos, se pueden bajar todos inmediatamente y seguro que habrá taxis disponibles para que los acerquen a Bruselas. Vamos a tardar menos, ya verás.

Javier comprueba varias cosas y le dice:

—Sí, tú dirás. Pero no tenemos nada preparado. No hemos metido datos ni nada.

—Tranquilo, me encargo de todo. Solo avisa a control de que, debido a un fallo menor, necesitamos desviarnos inmediatamente a Élesmes en visual. Avisa a la tripulación para que preparen la cabina.

Javier se da cuenta de que no le está pidiendo opinión ni va a hacer caso a sus sugerencias, así que se comunica con el controlador. El controlador les pregunta si tienen contacto con el terreno y, al confirmar que lo tienen, los autoriza a proceder en visual al campo y llamar a la torre Élesmes. A partir de ese momento Ignacio va a ser quien dirija el procedimiento de aproximación, él estará ahí solo para cumplir sus órdenes.

El controlador les ofrece todas las indicaciones para contactar con la torre tan pronto como empiecen a descender. Además, debido a las circunstancias, les da prioridad, pues apenas hay tráfico. Ignacio y Javier no se dirigen la palabra más que para seguir las instrucciones necesarias para el aterrizaje.

—Javier, baja los *flaps* a 1.

El copiloto comprueba la velocidad e informa.

—La velocidad está por encima del límite para *flaps one*.

Ignacio desconecta el *autopilot* inmediatamente y lleva el avión en manual. Sube el morro de la nave y logra la velocidad adecuada para que Javier pueda bajar los *flaps* a 1. Luego, y cuando la aproximación vuelve a estar en los parámetros adecuados, conecta el piloto automático para seguir el rumbo que los deje en la pista que les han asignado ya, la pista 23.

—Ignacio, ¿introduzco algún punto para guiarte?

—Tranquilo, conozco muy bien este aeródromo. Solo comprueba que hemos metido en el FMS la aproximación visual a la pista 23 de Élesmes, el QNH y la temperatura del campo, con eso me basta.

Javier comprueba la destreza y profesionalidad de Ignacio en la aproximación, aunque no hayan realizado el *briefing* ni hayan revisado todos los datos que hay que introducir en el FMS. El comandante tiene muy claros los pasos que seguir.

—Dame *flap* 2 y dile al controlador que tengo visual con la pista.

—*Tower, RFX, visual contact with the runway* —dice Javier por la radio a la vez que baja el *flap* a 2.

—*RFX, wind 250 10 knots, clear to land RWY 23* —le responde el controlador.

—*Clear to land RWY 23, RFX 101, thanks* —indica Javier.

El comandante sigue con el procedimiento.

—Perfecto, dame *flap* 3 y tren abajo. Hoy vas a ver una buena aproximación visual…

Javier sabe que va a aprender de Ignacio, aunque no haya entendido muy bien la decisión de este desvío. No sabe cómo se lo estarán tomando los clientes, cuando además tenían que llegar a una reunión urgente. De un momento a otro, en cuanto aterricen, María y Dámaso van a pedirles qué información ofrecer a los viajeros, pues estarán igual de sorprendidos que los pasajeros por las maniobras que están llevando a cabo.

Ya alineados con la pista, Ignacio pide *flap* 4 y que se haga la *before landing checklist*. Javier le da *before landing completed* y se disponen al aterrizaje.

—Aterrizaje RWY 23 y salida por la derecha en la última calle de rodaje. Conozco muy bien esta pista, Javier.

El joven copiloto se extraña cuando a lo lejos ve una furgoneta que se cruza en la pista de rodaje. Parece que Ignacio no se ha dado cuenta porque sigue con lo suyo.

Una vez que han tomado pista y giran hacia la derecha por la calle de rodaje, una parte muy estrecha del pequeño aeródromo, Javier se sorprende cuando de pronto surgen tres furgones en la calle. Dos de ellos se sitúan por delante de la aeronave, y el otro, justo detrás. Javier se vuelve al comandante y comprueba que apenas se ha inmutado.

—Ignacio, ¿qué está ocurriendo?

Javier no entiende nada.

—¡Mantén la calma! No perdamos los nervios. Hazme caso en todo lo que te vaya indicando. Sabes que estoy entrenado para situaciones extremas. No te preocupes, en breve sabremos qué está pasando.

Las furgonetas obligan a detener el avión, que va disminuyendo cada vez más la velocidad. De hecho, una de ellas se ha parado en frente del morro del jet, que rueda cada vez más despacio por la pista. Del vehículo descienden dos hombres armados. Uno de ellos apunta con un lanzamisiles hacia ellos. El otro lleva un arma de precisión y apunta con su mirilla hacia la cabina de los pilotos. Javier se da cuenta de que podrían dispararles en cualquier momento, los tienen a tiro. Van vestidos totalmente de negro y sus movimientos son muy coordinados, pero no llevan ningún uniforme militar y no parecen de la policía… ¿Vienen a por ellos? Si fuera así, ¿cómo saben que son ellos? Mira a Ignacio, que sigue sin perder la calma, y agradece que esté ahí. Él sabrá qué hacer en estos casos, o tal vez todo lo contrario… Cómo podrán proteger a sus clientes. ¡Hay que comunicarse con torre ya! Son demasiadas cosas las que se le están pasando por la cabeza al mismo tiempo.

Javier, que sigue todo todavía sin reaccionar, como si estuviese viéndolo desde fuera, observa cómo de la otra furgoneta, de las que iban delante, sale un hombre con una tablet. La gira para que lean la pantalla donde van surgiendo en inglés mensajes cortos: *Stop engines and turn off coms, or we will shoot.*

En un gesto rápido, otro de los hombres armados dispara hacia el tren de aterrizaje y provoca así la inmovilización definitiva del jet, aunque rodaba ya a escasa velocidad. Entonces salen unas pequeñas chispas cuando la llanta hace contacto contra el suelo. Los desconocidos se han asegurado de que no vayan a hacer ningún movimiento, pues han dejado al jet con las ruedas pinchadas.

—Javier, para los motores e interrumpe las comunicaciones. Si no obedecemos, no van a tener reparo alguno en dispararnos. Lo que cuenta ahora es la seguridad de nuestros pasajeros. Hazme caso en todo, tranquilo.

Javier obedece. No entiende absolutamente nada de lo que está pasando. Mira a su compañero buscando una respuesta. El comandante está mirando fuera, como si estudiase los movimientos de los desconocidos. Estos se están distribuyendo con pasos ágiles y totalmente coordinados, como si fuese una maniobra militar. Todos van con la cara tapada. Rodean el avión con gestos sumamente medidos y sincronizados. Javier ya no trata de llevar la cuenta de los hombres que están en esa operación que no sabe para qué coño es. Intenta no perderse sus movimientos, de estar atento. No sabe si sirve de algo, pero es lo que le sale. Uno del grupo coloca un aparato en la parte lateral del jet, junto a la escalerilla de la puerta de acceso, que aún permanece cerrada. Los motores ya están parados del todo. El de la tablet vuelve a mostrarla: *We are going inside. Don't try anything or we will shoot*. En ese momento, en el interior del avión, Javier siente cómo la puerta se abre desde fuera y escucha pasos que suben de manera enérgica y coordinada. Mira a Ignacio con ojos interrogantes. ¿Cuál es el siguiente paso que tienen que dar?

# 35

# El asalto

## Beatriz

*14.35*

María y Dámaso parecen los primeros sorprendidos. De pronto, han escuchado las indicaciones desde la cabina de los pilotos de que van a aterrizar en el aeropuerto de Élesmes. Beatriz mira a Mónica, que abre los ojos, pero es como si se mostrara indiferente, como si estuviese asimilando lo que está ocurriendo. Humberto, sin embargo, se remueve en el asiento y mira interrogante. Ella encoge los hombros. Beatriz hace una señal a María, y esta le pide calma. Los avisa a todos en voz alta de que están haciendo un aterrizaje de emergencia y tan pronto tenga la información pertinente la transmitirá, si no lo hace antes el comandante por el altavoz. Les pide que estén tranquilos y con sus cinturones de seguridad puestos. Lo que le faltaba. Menudo viaje. Lo único que la tranquiliza es que en cuanto aterricen van a estar de nuevo comunicados. Desactiva el modo avión de la tablet y el teléfono por si tiene que llamar a su madre o avisar de lo que sea de manera inmediata. Es su primer aterrizaje de emergencia y, aunque no siente pánico por volar, no le gusta la sensación de no controlar qué está pasando. Todo discurre tan rápido que piensa si en momentos así se acelera no solo el pulso, sino también la visión, las imágenes.

Ya están en tierra, menos mal. Pero algo sucede. No entiende muy bien qué está ocurriendo fuera. Ha visto unas furgonetas adelantando al jet. Pero ¿le estaba pasando al avión algo tan grave para necesitar asistencia urgente? Hacia el final el aterrizaje ha sido bastante brusco. Hay demasiado ruido. De pronto, no da crédito a lo que ve. Se ha abierto la puerta del jet y ha entrado un hombre encapuchado. Ordena a María y Dámaso que se dirijan a la cabina de los pilotos y la abran. Les apunta con un arma. Habla en un perfecto inglés con acento de un país de Europa del Este. Le sigue otro hombre encapuchado, también armado. Uno se pone frente al pasaje y el otro, a su espalda, preparado para entrar directamente a la cabina de los pilotos. Este último lleva unas fundas de tela y unas bridas, parece que van a cubrir las cabezas del comandante y el copiloto y les van a atar las manos y los tobillos.

Beatriz mira al hombre frente a ellos y comprueba que también tiene fundas y bridas para todos. Le parece estar viviendo una pesadilla. El otro encapuchado, sin mediar palabra, obliga violentamente a María a que se ponga la funda en la cabeza y las bridas. La azafata está muy asustada y bloqueada.

—Pero ¿qué estáis haciendo? —Dámaso se pone delante de él y le grita en español. Quiere proteger a su compañera.

El desconocido no responde, sino que le golpea con la culata del arma en la cabeza. Dámaso se queda quieto unos segundos antes de caer hacia atrás con todo el peso de su cuerpo mientras de la cabeza le resbala un hilillo de sangre. Beatriz pega un grito. María está paralizada por el terror. Humberto instintivamente se levanta con la intención de ayudar a Dámaso y tranquilizar a María. Pero el desconocido es violento y golpea en el estómago al abogado, que cae sobre el asiento. Beatriz observa cómo Humberto no puede casi respirar.

La asistente de Mónica trata de pensar deprisa. Les han pedido a gritos que dejen todos sus dispositivos a la vista y los van recogiendo. Hace un movimiento rápido e imperceptible. Alcanza a tocar a Humberto y este la mira con el rostro desencajado. Está fuera de fuego. También observa a Dámaso en el suelo, que no se mueve. Y a una María que no ha perdido los nervios, pero que está obedeciendo y poniéndose la funda en la cabeza y las bridas en las muñecas y los tobillos. Entonces mira a Mónica. La ve al fondo del avión totalmente inmóvil, sin gesto alguno en su rostro. Los ojos de ambas se cruzan. Beatriz tiene la impresión de que su jefa la está intentando calmar; es la primera vez que cree conectar con ella en todo el viaje. Mónica parece querer transmitirle que no le va a pasar nada, que todo eso está pasando porque ella está a bordo. Y que, si quieren algo, en todo caso será de ella. Beatriz siente que está aceptando un destino inevitable.

—*Youuu!!!* —grita el hombre violento y armado, que no les ha dado tregua.

Señala a su jefa. Se ha sacado una foto del bolsillo del pantalón.

—*Come closer.* —Hace un gesto a Mónica con las manos para que se acerque.

Mira a Mónica y mira la imagen. Él también se acerca, y eso permite que Beatriz vea que en la mano libre lleva una fotografía de su jefa, como de pasaporte o carnet. A la asistente le choca la expresión fría de la instantánea con la cara con emoción contenida que tiene ahora Mónica, la directora ejecutiva de Rodraprex.

Todo va demasiado rápido. Beatriz no quiere perderse nada. Sabe que es importante que retenga todo lo que está pasando. Si lo que pretenden es llevarse a su jefa de allí, después habrá muchas preguntas. Están muy coordinados entre ellos. Esto no puede ser algo casual. Observa cómo el segundo hombre, que ha dejado la puerta abierta de la cabina de los pilotos, ha entrado dentro y entrega las fundas y las bridas al comandante y al copiloto. También les está gritando.

—*Put it on now!!!*

Se da cuenta de que el joven copiloto está dudando si obedecer o no, se mantiene duro sosteniéndole la mirada al individuo, pero, al ver cómo el comandante no se resiste a las órdenes del desconocido, inmediatamente decide seguir sus pasos. Beatriz suspira, aliviada. Ignacio ha sido consciente de que cualquier movimiento puede provocar la violencia de los asaltadores. Los de la cabina se ponen las bridas y el hombre les coloca las fundas en las cabezas. Ahora solo hay una manera de diferenciarlos: por los galones que lucen en sus uniformes.

Vuelve a mirar a Mónica. El encapuchado, una vez que ha comprobado que es la mujer que aparece en la foto, le sujeta las manos con las bridas. Guarda la fotografía y saca un móvil. Se pone a grabar un vídeo en el que se ve perfectamente a la jefa de Beatriz en un plano frontal mientras le apunta con una pistola. Ella observa fijamente la cámara. El desconocido habla mientras graba:

—*We got her...*

Graba todo el avión para que se pueda ver que está dentro del jet con los demás pasajeros. Beatriz está viendo todo con sus propios ojos, pero también mira la pantalla del asaltante. Siente una sensación extraña, como si estuviese dentro de una película. Humberto sigue inclinado hacia delante por el dolor de estómago. Ella sabe que lo mejor es moverse lo menos posible, simular que está paralizada. Dámaso continúa inconsciente y sangrando por la frente. María ya tiene la cabeza tapada y las bridas puestas. El hombre corpulento, todo de negro, agarra por la espalda a Mónica con una sola mano, fornida; con la otra no para de grabarla. La conduce de manera directa, con decisión y con paso tosco, pero a la vez con sumo cuidado, fuera del avión. De pronto, mira a Beatriz y a

Humberto y es consciente de que no se han puesto la capucha ni las bridas. Grita y sube un tercer encapuchado, que se acerca a él, le da unas órdenes. Por cómo ha sonado su conversación, parece que les pondrá él mismo todo. Primero a Humberto, que está medio ido, y después a ella.

Beatriz se da cuenta de que se le acaba el tiempo para seguir observando. Mónica y Beatriz se miran por última vez. Beatriz la siente extrañamente en calma, se admira de la sangre fría de su jefa. El encapuchado la baja por las escalerillas sin perder tiempo. Su otro compañero, el que estaba en la cabina de los pilotos, ya ha descendido. Actúan con rapidez. Beatriz pierde de vista a Mónica y se pregunta cuándo irán a ayudarlos, cuándo serán conscientes de que están siendo víctimas de un secuestro. Siente un golpe brusco en el hombro. Es el tercer encapuchado, que extiende las bridas. Ya se las ha puesto al abogado y le ha cubierto la cabeza con la tela. Beatriz se las pone y siente cómo la tela le envuelve la cabeza. Todo se vuelve oscuro.

# 36

# El vídeo

## Arturo

*14.40*

Arturo, ya por fin en la habitación del hotel, está preparando todo para marcharse lo antes posible a Galicia. No puede aguantar mucho más allí, en Madrid. Necesita tener de nuevo todo bajo control.

En estas recibe una llamada de un número largo y desconocido a su teléfono particular. No suele coger ya números que no tenga en su agenda de contactos, pero está nervioso al no saber nada del avión, porque ha llamado varias veces y no ha recibido respuesta ni de Mónica, ni de Humberto, ni de Javier…, de modo que responde al tiempo que piensa que quizá sea algo relacionado con Ramiro desde Polonia. Sin embargo, una voz en inglés le dice que mire su teléfono móvil atentamente y cuelgan. En ese mismo instante entra un vídeo. Lo abre y no cree lo que ven sus ojos. Todo está más descontrolado de lo que pensaba. Y encima justo un día que no está en Galicia, junto a los suyos. Ya no le importan los camiones, la frontera, Polonia, el asunto en México… Todo se detiene cuando observa la imagen de su hija y cómo la apuntan con una pistola. Según la sacan del avión alcanza a ver a los trabajadores y colaboradores que viajaban con Mónica. Le parece que Humberto no está en muy buenas condiciones, y tanto Ignacio como Javier están inmovilizados y encapuchados. Bajan a su hija por la fuerza hasta el morro del avión. No reconoce el aeropuerto ni dónde coño están. Solo oye unas palabras en inglés:

—*We will have no problem killing your daughter and the rest of the passengers if you do not immediately transfer two hundred million euros.*

El vídeo se funde a negro. Arturo no pierde la calma. Está seguro de la veracidad de esas imágenes y que no es ninguna estafa, pero no piensa mover un dedo hasta que realmente lo verifique. Y, sobre todo, tiene que saber dónde se ha grabado, ya que no tiene duda de que no están en el aeropuerto de Bruselas. Entonces ¿qué está pasando? Tiene que ponerse en acción ya, intentar el teléfono de Humberto o el de Javier, no perder tiempo. Debe comprobar si realmente el rescate es urgente, si corren verdadero peligro… Su cabeza funciona sin parar cuando recibe otra llamada del mismo número de teléfono. ¿Las cosas pueden ir a peor? Se apresura a contestar, si bien aún está asimilando lo que acaba de ver y escuchar. De pronto, un pensamiento le pasa por la cabeza en todo ese torbellino de emociones, reflexiones de empresario y contradicciones: «No soportaría otra pérdida más. No voy a soportarlo», pero silencia de golpe esa voz interior. Ahora solo hace falta un hombre de acción.

Mientras escucha las palabras en inglés, las traduce rápido en su mente: que si ya ha visto el vídeo y si le ha quedado clara la cifra que le piden.

—Sí…

No dejan que continúe. Le amenazan, le advierten de que no se trata de ningún montaje ni de una broma pesada, que haga la transferencia de inmediato si quiere que su hija salga con vida de esta. Que repita el número de cuenta que le han proporcionado y que no se ande con tonterías porque no solo está jugando con el destino de su hija, sino también con el de las otras personas que se encuentran todavía dentro del avión. Y cuelgan bruscos.

No hay tiempo para ningún ataque de ansiedad. Arturo quiere ver de nuevo las imágenes y asegurarse de que esa mujer a la que apuntan con una pistola es su hija. ¡Maldita tecnología! Solo se podía reproducir una vez. Pero sabe lo que ha visto. Sin apenas tiempo para respirar, recibe otro vídeo. Mira a su alrededor y piensa si no estará en el infierno, si está siendo castigado por todos los errores que ha cometido a lo largo de su vida. Se para un momento. No hay tiempo para lamentarse.

Pulsa Play. Un plano fijo del rostro de su hija Mónica. Un rostro neutro, una mirada ida, como en shock. Después, la cámara se centra en un hombre encapuchado con un lanzamisiles. Dispara. El misil impacta en el jet que salta por los aires. Arturo cree derrumbarse. No puede estar pasándole esto. «You see what we are capable of. We warn you not to go to the police or the press. Hurry up or your daughter will be next», la misma voz de antes.

No puede perder la sangre fría, tiene que actuar ya. No puede lamentarse por las muertes, si es que las ha habido. No quiere pensar en Humberto ni en los demás. ¿Cómo los detiene? Tiene la sensación de que su imperio está a punto de colapsar. Ha de ser rápido, muy rápido, no puede perder a Mónica. Sabe que esos individuos no dudarán a la hora de cumplir la amenaza. Se queda sin tiempo. Debe pensar muy bien cómo actuar, no puede dejarse llevar. Respira. Y marca el primer número de teléfono que le viene a la cabeza.

# VII

# La llamada de la selva

# 37

## Buenos compañeros de trabajo

### Jairo

*Durante el secuestro del avión*

Jairo no se puede creer que, después de una mañana odiosa, esté sentado en la cafetería de la sede con Silvia. Lo que están hablando no es agradable, pero le gusta su compañía. Silvia es de esas personas que le dan tranquilidad. Se llevan bien y se respetan profesionalmente. Siempre han cooperado y trabajado a la perfección juntos.

—Jairo, estoy igual de asombrada que tú. Por más que le doy vueltas, no entiendo lo que ha podido pasar. Pero cuanto más lo pienso, más voy llegando a una conclusión.

—¿Cuál es, Silvia?

—Todavía no estoy segura. Y, antes de afirmar nada, estoy esperando a que Beatriz me confirme algo. La mujer se lo ha tomado muy en serio. Me ha escuchado. Me gusta, no se ha escaqueado de sus responsabilidades y está tratando de darme una solución para ver por dónde tirar. Me consta que está intentando hacer todo lo posible durante el vuelo. Hasta hace nada no ha dejado de llamarme y escribirme, aunque llevo unos minutos que no sé de ella, pero no quiero agobiarla... —Se queda en silencio, como reflexionando—. Pero voy a ir al grano. Te lo voy a decir solo a ti, Jairo. Por lo que me has contado y por lo que he tratado de averiguar yo por mi cuenta, los desajustes que se han armado en la cadena de transportes y todos los inconvenientes que estamos teniendo con esta ruta comercial totalmente parada, tiene toda la pinta de que ha tenido que ser algo provocado. Y no ha podido ser cualquiera, Jairo. Tiene que ser alguien con mucho conocimiento de la empresa... y poder.

Jairo asiente preocupado. Sus operarios habían llegado a la misma conclusión y se lo habían tratado de transmitir en la reunión. En el fondo no andan muy desencaminados de su propia intuición. Necesita desahogarse con Silvia. De pronto, como un fogonazo, le viene a la cabeza Mónica. Le entristece que con Silvia sí pueda hablar, que se sienta escuchado y valorado con ella. Mónica y él nunca conversan de forma relajada sobre el trabajo. Todo son suspicacias, silencios, caras, gestos... Le duele reconocerlo, pero nunca se ha sentido seguro con su mujer. Nunca ha podido leer realmente los sentimientos de Mónica. Se quita esos pensamientos de la cabeza y vuelve con Silvia. Sí, necesita desahogarse.

—Pero, Silvia, ¿quién ha podido tener interés en desestabilizar de esta manera la empresa? Y, sobre todo, para qué. Qué sentido tiene parar totalmente una ruta comercial tan importante, provocar esos problemas en la cadena, que estemos teniendo estas pérdidas tan increíbles, se está desatando el caos en varios almacenes, seguimos con los problemas en la frontera... No sabemos qué ha sido del dinero que se ha pagado para adquirir un material fantasma... Nada tiene sentido.

—¿No sabes nada de Mónica?

—Nada, me ha dejado un escueto mensaje de WhatsApp esta mañana antes de despegar. Confiaba en que tú supieras más... —le contesta triste.

—Jairo, ¿cómo está Mónica? ¿Os va bien últimamente?

—¿Por qué lo dices? —La pregunta le descoloca. Nunca ha hablado con Silvia de su vida privada, no entiende el rumbo que está tomando la conversación, pero, a decir verdad, no le incomoda.

—Perdona si te he molestado. Solo me preocupo por ti. Últimamente veo a Mónica más irascible de lo habitual. Y, bueno, no te enfades, pero, en momentos de calma en la empresa, tengo la impresión de que a veces desconectas, como si fueras un robot entrenado solo para el trabajo y para solucionar conflictos…

Jairo la mira, sorprendido. Silvia ha descrito a la perfección cómo se siente en los últimos tiempos. Decide abrirse un poco.

—Sí, sí, Silvia, todo está bien entre nosotros. Solo que no está siendo una época fácil para ninguno de los dos. Estamos demasiado volcados en nuestros trabajos y estamos tan cansados que no nos apetece ni hablar. Ya sabes que Mónica arrastra mucho sufrimiento: la pérdida de su madre, de su hermano… Luego… —carraspea—, bueno, ya sabes que no ha llevado muy bien que lo de la fundación no esté saliendo adelante… —Otra pausa de nuevo—. Bueno, supongo que en todas las parejas hay momentos en que la cosa no marcha al cien por cien, pero confío en que pronto todo siga su cauce y…

—Pero, Jairo, ¿has hablado con ella? ¿Le has preguntado cómo se siente? ¿Le has preguntado qué necesita de ti? No todo es el trabajo, compañero. Hay que escuchar, cuidar, estar atento a todo… Las relaciones de pareja, como bien has dicho, son complicadas, pero hay que buscar siempre la complicidad, alimentar la llama con pequeños detalles… Además, te digo una cosa, a mí el proyecto de la fundación me parecía precioso, nunca lo vi como un capricho de Mónica, sino como algo que realmente podría aportar a Rodraprex… Creo que Mónica nunca lo ha tenido fácil, que ser hija de Arturo no es un camino de rosas… Sé también que tu posición, en el medio, es complicada, pero habla con ella, hazme caso... Intuición femenina.

Jairo la mira perplejo. Hace tiempo que Mónica y él no tienen una conversación sosegada y personal, pero él siempre ha confiado en que todo volvería a su cauce. Sin embargo, Silvia le está preguntando por cosas que siempre han sido un misterio para él. Mónica cada vez más es un enigma. Vale, todo está bien, solo están pasando una mala racha, pero quizá convenga que dé un primer paso. No debe dejarlo pasar, tampoco rendirse... Ojalá pudiese hablar con su esposa tan relajadamente como con su compañera de trabajo. Sonríe.

—Gracias, lo tendré en cuenta. —Entonces cae en algo y añade—: Pero ¿tú has sabido algo más de Mónica durante el vuelo?

—Ya te digo que he estado sobre todo en contacto con Beatriz. Lo cierto es que no da señales de vida desde hace un rato. Podemos intentar llamarla. Me da un poco de reparo por lo que te he dicho de que no me apetece agobiarla, pero...

—Yo debería contactar con Mónica.

—Espera, venga, voy a ver si hablamos con Beatriz.

Silvia decidida coge el móvil y marca el número de su compañera.

—Qué raro, apagado o fuera de cobertura.

—Espera, lo intento con Mónica.

Jairo hace la misma operación.

—Tampoco está operativa.

—Bueno, no tendremos más remedio que esperar. Están a punto de aterrizar. Espero que tengamos una respuesta antes de que comience la reunión. Ellas también deben tener una para los de Bruselas, les van a pedir cuentas.

—Por más que le doy vueltas, no consigo entender nada. Me siento como en un laberinto sin salida. Ni siquiera he podido llamar a Arturo para darle algún tipo de explicación.

La mente de los dos bulle con los mismos nombres: Arturo, Humberto, Ramiro…, Mónica. ¿Para qué? ¿Qué sentido tiene todo ese caos? Jairo duda incluso de que sea una jugada maestra de Ramiro, porque todo tiene pinta más de desastre que de estrategia… Cuando Jairo se dispone a compartir sus cavilaciones con su compañera de trabajo, suena el móvil.

—El que faltaba, Silvia. Es Ramiro. Tengo que cogerlo.

Silvia asiente, sabe que no se le puede hacer esperar… Menudo es.

—Sí, Ramiro, dime. —Hace unos gestos a Silvia de asombro—. Ajá, sí, bueno, podemos vernos si quieres ahora mismo. Estoy en la cafetería con Silvia. Vale, voy.

Cuelga y Silvia lo mira expectante.

—No te lo vas a creer. Ramiro quiere hablar conmigo de todo lo que ha ocurrido. Quiere ver si llegamos a alguna conclusión…

—No te fíes ni un pelo, Jairo. No sabes cómo estaba esta mañana. Ha estado especialmente agresivo conmigo. Si quieres, te acompaño y entre los dos amansamos a la fiera si es necesario.

Jairo se lo piensa un momento, pero acepta el ofrecimiento.

—Te lo agradezco. Voy a pagar.

Silvia asiente y sonríe. Son un equipo. Una vez que Jairo paga, se levantan y se dirigen hacia el despacho de Ramiro. ¿Cuál será su estrategia esta vez? ¿Qué pretende? Pronto van a averiguarlo.

IV

# 38

## La ardiente oscuridad

### Javier

*14.40*

De pronto todo ha quedado en silencio. Javier no ve nada, solo escucha. Oye las respiraciones agitadas de los demás. Hace un repaso de todo lo que ha podido percatarse desde que le obligaron a taparse la cabeza hasta ese mismo momento en que los secuestradores los han abandonado allí. Todo ha sido muy rápido, han pasado demasiadas cosas en, diría él, apenas unos minutos.

Directos, iban buscando algo, más bien a alguien. Mónica. Ella ya no está en el avión. En cuanto la localizaron, la bajaron del jet... Entonces escuchó cómo entraba un tercer hombre y le daban unas órdenes concretas, pero no pudo enterarse bien. Notó cómo agarraba violentamente a Ignacio, pero este no perdió en ningún momento la calma. Le dio tiempo a susurrarle:

—No te preocupes por nada, todo va a ir bien. Ahora todo queda bajo tu control.

Después escuchó a Beatriz, que se dirigía al mismo hombre que se había llevado a Ignacio de la cabina:

—Por favor, tenga cuidado, le han golpeado y es un hombre mayor. —Todo en un inglés perfecto.

Pensó que esa chica era valiente, que no perdía nunca la capacidad de actuar. Lamentó de nuevo haber sido tan borde con ella la única vez que habían cruzado palabra en todo el vuelo. Tendría que disculparse. Sería de lo primero que haría si salían de esta. Puede que sea cierto eso que dicen de que cuando uno vive un momento traumático lo que antes le llegan son los remordimientos, y las cosas que no se han hecho como se debía o como se quería empiezan a asomar en forma de reproche hacia uno mismo.

Mientras el tercer hombre se llevaba a Humberto, solo percibió un leve gemido del abogado. Sin duda seguía conmocionado por el golpe. Y el silencio…

No está seguro de cuánto ha transcurrido. Ha perdido la noción del tiempo. Ni un ruido. La cabeza le va a mil. Trata de poner orden. Escucha respiraciones agitadas, es el único sonido que no cesa. Recuerda las palabras de Ignacio: «Ahora todo queda bajo tu control». ¿Qué querría decir? Tiene que ponerse en acción. Sabe que en el avión siguen María y Beatriz. Imagina que Dámaso no ha recuperado el conocimiento, y eso es algo que le preocupa. Va a necesitar atención médica pronto. Intenta moverse. Con sus divagaciones se le ha olvidado sentir el dolor físico. Nota que tiene el brazo magullado, le duele al inclinarse para tratar de coger impulso.

—María, María, ¿estás ahí? ¿Estás bien? —logra hablar a través de la funda que lleva en la cabeza.

Solo escucha su sollozo.

—Tranquila, María. Por favor, dime tan solo si Dámaso respira.

Oye un tenue «sí».

—Beatriz, ¿estás bien?

—Tranquilo, Javier, estoy bien. Recuperándome un poco. Se han llevado a Mónica y a Humberto.

—Sí, también a Ignacio.

—Pero ¿quién era esta gente?

—No tengo ni idea.

Hay un breve silencio. Su sensibilidad auditiva se agudiza. De pronto siente que suben de nuevo por las escalerillas.

—Callémonos —las avisa.

Varios hombres entran en el avión. Le alzan y le cogen como si fuese un fardo. Oye las voces bajas de protesta de sus compañeras. María, a pesar del susto que tiene en el cuerpo, les pide en un inglés también perfecto que tengan cuidado con Dámaso. Los están bajando del jet. No comprende nada. Escucha cómo los depositan a tan solo unos pasos del avión y se retiran. ¿Qué diablos está pasando? Siente la adrenalina a tope. De nuevo, demasiado silencio.

—¿María, Beatriz, estáis bien? Decidme algo, por favor.

Oye los sollozos de María. Beatriz contesta:

—Javier, ¿qué está ocurriendo?

—Tranquilas, pronto va a pasar todo. —Pero no está seguro, siente la misma incertidumbre, el mismo temor—. María, por favor, háblanos.

—Dámaso está a mi lado, todavía respira. ¿Cuándo nos van a dejar en paz? ¿No podemos desatarnos ya?

Javier no sabe qué contestar. No entiende la calma… Advierte un ruido que no identifica en un primer momento y una especie de siseo. Y entonces comprende que es demasiado tarde.

—¡Van a hacer saltar el avión por los aires!

Solo le da tiempo a escuchar los llantos de sus compañeras cuando suena la explosión. La onda expansiva le lanza no sabe dónde y en la caída siente la más profunda oscuridad. Todo ha terminado…

# 39

# Estrategia

## Ramiro

*Durante el secuestro del avión*

Ramiro todavía está asimilando la llamada que ha recibido de Miguel en su despacho después de haber pedido a Jairo que acuda a verlo. La llamada de su empleado se ha hecho esperar y además su investigación ha dejado más sombras e incógnitas. La verdad es que ha realizado un buen rastreo, pero ahora está más descolocado aún. Bajo ningún concepto se puede mostrar perdido ante el yerno de Arturo. Siempre hay que pensar una estrategia. Va a sacarle toda la información que pueda y averiguar qué es lo que sabe.

Por lo que le ha contado Miguel hay tal cantidad de irregularidades y se ha fallado en tantos puntos de la cadena que es imposible que se haya equivocado tanto personal. Cada vez tiene menos dudas: esto es algo bien pensado y bien orquestado, pero ¿para qué tanto caos? ¿Quién ha manipulado la cadena y por qué? Sabe que Arturo no tiene nada que ver; él tampoco. ¿Mónica? ¿Qué se le está escapando? Le faltan piezas y pistas contundentes. Él posee cierta información privilegiada que no piensa compartir con Jairo. Tiene grabado a fuego que quien tiene la información tiene el poder. Sabe lo de las irregularidades en México. ¿Está todo relacionado? Algo no encaja, ¿para qué desestabilizar así la empresa? Llaman a la puerta.

—Jairo, está abierta la puerta, pasa.

Sonríe, sorprendido. Jairo no viene solo. «Vaya, se ha buscado compañía. Necesitan sumar fuerzas para combatirme. Menuda novedad. No me viene mal que estén los dos en el despacho. Tal vez pueda sacar más datos».

—Ramiro, he pensado que quizá entre los tres podamos poner todo en común, sacar conclusiones y buscar soluciones, ¿qué te parece?

—¡Vaya, Silvia! Qué sorpresa. Claro... Por favor, sentaos.

Se divierte. Ve que a los dos les mosquea su repentina amabilidad.

—Si os parece, vamos a ver si podemos encontrar luz en todo esto. Soy todo oídos, contadme.

Jairo y Silvia se miran. Ramiro se da cuenta de que, como es natural, no van a confiar en él, así que lo que le cuenten de poco le va a servir. Como siempre, nunca se debe menospreciar al rival. Si Jairo hubiese entrado solo, podría acorralarle, pero, con Silvia, los dos son más fuertes. Si es que está claro, siembra la discordia entre los trabajadores y tendrás más poder en las manos. Decide, entonces, ir por otro camino.

—¿Sabéis algo de Mónica? —les pregunta directo.

—Desde hace un rato no podemos contactar con el avión, pero no les queda nada para aterrizar, pronto tendremos noticias —informa Silvia, fría.

Ramiro percibe que Jairo se ha puesto nervioso con la pregunta.

—No, no sabemos nada de Mónica desde esta mañana. Ella va a dejar las cosas claras en Bruselas, como siempre. No tengo ninguna duda y sé que tú tampoco. Estoy seguro de que todo se va a aclarar. Ella no tiene ninguna responsabilidad con lo que ha pasado. Conoces bien cómo trabaja. No hemos podido hablar mucho últimamente, pero...

Ramiro observa cómo Silvia alza las cejas y disimuladamente toca el hombro a Jairo, que la mira. Este intuye que está hablando de más, debe contenerse. Vaya, hay nubarrones en la pareja perfecta. Mónica y Jairo últimamente hablan poco...

—... pero ya verás como entre todos logramos encauzar la ruta comercial sin más incidencias.

—Sí, claro. Por supuesto.

Ramiro está gozando, no puede evitarlo. Está barajando por dónde tirar ahora cuando suena un móvil. Es el de Jairo.

—Es Arturo. Maldita sea, todavía no le había llamado. Seguro que quiere explicaciones. Ramiro, Silvia, disculpad, tengo que cogerlo.

A Ramiro no le gusta que Arturo llame a Jairo. Nunca le ha gustado el grado de comunicación y confianza que hay entre ellos. Además esto le confirma que Arturo sigue enfadado con él, que lo quiere mantener alejado en esta crisis. Sin embargo, disimula. Y hace un gesto a Jairo para que coja el teléfono.

—Arturo, perdona. Estoy aquí con Ramiro y Silvia. Estamos estudiando todo lo que ha ocurrido y queríamos informarte en breve. No te he llamado antes porque...

Escuchan un grito al otro lado del teléfono. Un «¡cállate!» imperativo. Jairo se calla de inmediato. Y la voz de Arturo no cesa mientras su yerno empalidece por momentos, no rechista. Ramiro y Silvia lo miran expectantes. Ramiro reconoce que ha sentido cierto regocijo por cómo ha gritado Arturo a Jairo... Pero quiere saber ya qué le está diciendo.

No se espera lo que ocurre a continuación. Jairo se levanta y, sin siquiera dirigirse a ellos, sale corriendo del despacho cerrando la puerta de un portazo. Silvia y Ramiro se quedan frente a frente. Ella no le retira la mirada. Él es consciente de que algo grave está pasando. ¿Han aterrizado ya en Bruselas? No tiene idea de qué ha podido pasar. Cuando ve que Silvia se dispone a ir tras Jairo, tiene claro que la última palabra es la suya.

—Silvia. —La aludida se para a escuchar—. Está claro que no tiene sentido que sigamos con esta reunión. Volvamos cada uno a nuestros puestos. Hay mucho que hacer. Avisadme de todo lo que sea pertinente. Esperemos las noticias de Bruselas. ¿Me has entendido?

—Descuida, no te preocupes.

Silvia se da la vuelta, abre la puerta y cierra con cuidado. Ramiro no se quita ni un solo momento su máscara de ejecutivo agresivo. Piensa en la estrategia, en los siguientes pasos. No va a perder la batalla. Recuperará la confianza de Arturo. Nunca ha visto a la empresa tan al borde del abismo… Tiene que seguir investigando, tirar de los hilos, pillar a Mónica como sea. No van a bajarle del trono, a la reina le queda poco tiempo. No se va a detener ahora. No. Es su especialidad.

# 40

## Supuesto extremo

### Arturo

*14.45*

Jairo se ha sentido mal por no haberle llamado en toda la mañana y Arturo ha tenido que cortarle para explicarle la situación de Mónica. No pueden perder tiempo. Esta crisis es una de las más graves que ha vivido. Alguien de la empresa de su extrema confianza tiene que saber todo lo que está pasando. Pronto deberán mover ficha. Y para esto no puede contar con Ramiro. Por eso ha contactado con el marido de su hija. Es familia. Espera que reaccione, que sea un buen enlace mientras él no esté ahí. Le ha dicho que de momento no haga nada para que no cunda el pánico en la sede, que no se lo diga a nadie hasta que él no se lo indique. Solo desea volver a Galicia. Estar encerrado en ese hotel de Madrid no es bueno para su ánimo. Pero no es momento de lamentarse.

Suena el móvil. Ha recibido un nuevo vídeo. ¡¿No van a parar o qué?! Sabe lo que los secuestradores están buscando, asustarle, tenerle en un estado de shock que le impida reaccionar y que se someta a su voluntad. No es ajeno a esos métodos.

Otra vez pulsa Play. Reconoce los almacenes de Polonia. La cámara los recorre. También hace lo mismo con los camiones que no han salido todavía debido al colapso que se ha armado en la frontera. No entiende muy bien qué es lo que quieren mostrarle. De pronto tiembla. Varios primeros planos de sitios estratégicos de los almacenes donde claramente se ven cargas explosivas. Otra cámara pasa por debajo de los camiones; lo mismo. Cada carga tiene su correspondiente mecanismo que puede hacer volar el camión por los aires en cualquier momento. Quieren mostrarle que el caos puede ser aún mayor y que las pérdidas pueden crecer cada vez más. Ha visto que no han tenido reparo en explotar el jet y que no van a tener escrúpulos de ningún tipo. Se lleva las manos a la cabeza. No puede estar viviendo esa pesadilla. Solo un escueto mensaje: *Don't delay*. Sobrepasado, esa es la palabra. Está sobrepasado.

Decide que no puede demorar más el tema de la transferencia. Tiene que informarse cuanto antes. Le han dado ya todas las instrucciones precisas para realizarla. No va a ser fácil hacerla, semejante cantidad... Espera poder contar, como siempre, con la directora de su banco de confianza. Los une también una fuerte amistad, son demasiados años... Él, además, es el mejor cliente que han tenido jamás. Tiene que llamarla inmediatamente. Pone el manos libres porque quiere dejar el teléfono en la mesa e ir de un lado a otro de la habitación mientras habla, gesticulando todo lo que le dé la gana. Necesita relajarse.

—Tatiana, Tatiana, soy yo, Arturo.

—Arturo.

—¿Te pillo en mal momento? Necesito que me atiendas, es urgente.

—Dime, Arturo. Espera, que voy a cerrar la puerta del despacho y dar recado de que no me pasen ninguna llamada ni visita.

—Te lo agradezco.

Espera unos segundos y piensa en cómo puede abordar el tema.

—Arturo, ya estoy a tu entera disposición.

—¿Te acuerdas de una conversación que tuvimos con supuestos extremos que podían pasar en una empresa como la que dirijo y cómo tendríamos que actuar? Hablamos de un incendio en la sede central, una inundación…

—Por favor, Arturo, no me preocupes, ¿qué ha pasado?

—Lo más inesperado, Tatiana. Un secuestro.

Silencio al otro lado de la línea.

—Estoy atado de pies y manos, Tatiana. Me piden una transferencia millonaria al instante.

—Arturo, ¿qué cantidad te han pedido?

—Doscientos millones de euros.

—Ese dinero lo van a poder rastrear por el número de cuenta. Cada vez hay métodos más sofisticados para dar con quien está detrás de un chantaje de este tipo. Arturo, haremos la transferencia y a continuación pasaremos toda la información a la policía.

—No, Tatiana, ya te he dicho que estoy atado de pies y manos. Todavía no. Hasta que Mónica esté a mi lado no. Tatiana, me han enviado un vídeo del jet explotando… No tengo ni idea de si había alguien dentro. Tatiana, no sé si Humberto sigue vivo o muerto… Me han dejado claro que no acuda ni a la policía ni a la prensa o lo pagaré caro. Hace unos minutos me han mandado un vídeo con explosivos en distintos sitios de la sede de Polonia y también en varios camiones. Son capaces de todo. Tengo que solucionar esto antes.

De nuevo silencio al otro lado de la línea.

—Arturo, no puedo hacer eso sin reportar a la policía. Lo sabes bien.

—Tatiana, no tengo otra salida. Te juro que, en cuanto Mónica esté conmigo y sepa qué ha pasado con los demás, informamos de todo a la policía. Te lo juro. No me digas que no.

No me hagas acudir a otros cauces para hacer la transferencia… Por favor.

Tatiana suspira.

—Lo haré, Arturo. Por todos estos años y la confianza que nos tenemos. Y, no te voy a mentir, porque eres nuestro mejor cliente…

—Gracias, Tatiana.

—Pásame por correo ahora mismo todos los datos para la transferencia. Arturo, una advertencia. Esto no va a ser inmediato. Tengo que dar varios pasos antes de poder hacerla y luego necesito tu permiso para seguir adelante. Colgamos para no perder tiempo. Te voy avisando y procuraremos terminar cuanto antes. ¿Me has entendido?

—Sí, por favor, date prisa. Llámame pronto.

Arturo se queda mirando por la ventana. Está nervioso, muy nervioso. Esperaba que el proceso de la transferencia fuera más rápido. Los secuestradores van a seguir intimidándole para asegurarse de que no se está echando atrás ni de que está haciendo algún movimiento a sus espaldas. Se toca el pecho. Ya no sabe si el corazón le va a mil o si le está dando un ataque de ansiedad. Un dolor le oprime el pecho. Ya no siente que haya suelo bajo sus pies. Respira profundamente. No puede perder el control ahora. Tiene que estar al cien por cien. Él es el único que puede hacer que todo vuelva a su cauce.

# 41

## La tablet

### Beatriz

*14.50*

Beatriz abre los ojos. Cree que no ha estado mucho tiempo sin conocimiento. Mueve el cuerpo y las extremidades. No tiene ya la bolsa de tela, del impacto la ha perdido. Parece que todo lo tiene en su sitio. Se ha hecho una pequeña brecha en la cabeza. Nada más. Se toca la tripa y respira tranquila. El humo se está desvaneciendo, la explosión ha roto las ventanas del jet y le han caído encima trozos de plástico. Se encuentran a una distancia suficiente como para que no les haya caído nada más, además la explosión no ha destrozado en mil pedazos el avión. Quiere pensar que ha sido más el estruendo y el impacto de la onda, pero que todo estaba calculado para que no fuese más que un susto, que no pretendían terminar con sus vidas. No sabe por qué está pensando ahora esas cosas. No viene a cuento. La adrenalina, claro. Agarra un trozo de algo afilado, se corta las bridas y se suelta de manos y pies. Se levanta con cuidado. No quiere marearse.

Lo primero que hace es acercarse a Dámaso. Le siente cada vez más débil, pero sigue respirando. Le desata del todo. Zarandea con cuidado a María, que sigue desmayada. Le quita la bolsa de tela. Logra que vuelva en sí. La azafata la mira y se echa a llorar. Beatriz delicadamente la ayuda con las bridas mientras le habla:

—María, María, por favor, te necesito fuerte. Voy a ver cómo pedimos ayuda, pero tienes que estar al cien por cien con Dámaso. Tenemos que conseguir que viva y que le atiendan cuanto antes.

María la mira, se seca las lágrimas y le dice:

—Tienes razón. Voy a calmarme. Te pido disculpas, estamos preparados para situaciones límite, pero reconozco que no estoy en mis mejores días…

—María, lo estás haciendo muy bien. Por favor, no te justifiques. Nadie está preparado para un secuestro, nunca… Voy a ver cómo está Javier.

María se acerca a Dámaso y se queda pendiente de él, cuidando a su compañero.

Javier está en el suelo. Beatriz observa que respira bien. Se apresura a desatarle y a retirarle la capucha. Cuando al fin abre los ojos, lo primero que ve es el rostro de Beatriz. Sonríe.

—¿Estás bien? —pregunta él.

—No ves que te he quitado la capucha.

—¿Estamos vivos? —Javier le habla como si fuese una aparición.

—Todos estamos bien, pero tenemos que ponernos en marcha y ver qué hacemos.

El copiloto recupera todo el sentido. Beatriz le ayuda a levantarse. Javier mira a su alrededor.

—¿Vendrán a socorrernos? —le pregunta la joven asistente.

—Este es un aeródromo no controlado. —Ante la mirada de incomprensión de Beatriz, añade—: Un aeropuerto de uso privado. Los protocolos de seguridad no son los mismos que en los comerciales. —Se queda pensativo—. Nos quitaron los dispositivos, no podemos dar un aviso inmediato... A ver qué se nos ocurre.

—Escondí mi tablet..., quizá podamos hacer algo...

Javier la mira. Le nota sorprendido. Beatriz fue rápida cuando les pidieron que se desprendieran de los dispositivos; tuvo la osadía, en un movimiento certero, de ocultarla debajo de la camisa. Tan solo espera que la funda haya resistido los golpes. Saca la tablet y la desbloquea. Se sientan los dos de nuevo en el suelo. Una vez en tierra sabe que ya puede conectarse, que vuelven a estar comunicados. Y se lleva una gran sorpresa...

—No puedo creerlo.

—¿Qué pasa, Beatriz?

La inteligencia artificial ha hecho su trabajo. Mira todo rápido. No solo le indica todos los documentos, albaranes, órdenes y otros informes que han sido modificados, sino que le indica los puntos donde la cadena se ha roto. Pero además señala algo fundamental: que los datos han sido manipulados, que los documentos han sido modificados y cambiados desde una misma terminal... Alguien se ha metido en el corazón del sistema, alguien que tenía las claves o que las ha robado. Javier espera expectante que le diga algo. Solo unas palabras de María sacan a Beatriz de su ensimismamiento...

—Por favor, tenéis que avisar a alguien ya. Dámaso cada vez respira peor. Lleva demasiado tiempo inconsciente.

—Tranquila, vamos a buscar ayuda cuanto antes.

Javier echa un vistazo alrededor. En el área de la cafetería y los servicios descubre un coche. Hoy el aeropuerto está especialmente solitario. No hay ni un solo taxi..., parece que Ignacio estaba equivocado. Un hombre sale corriendo y agitando los brazos, parece el encargado del local. Beatriz sigue manipulando la tablet sin parar.

—Beatriz, tenemos que hacer algo. —Le señala el coche y al hombre. Ella asiente—. Hay que contactar además con Arturo. Tenemos que saber adónde se han llevado a Mónica, a Humberto y a Ignacio cuanto antes.

—Sí, Javier. Disculpa, pero he logrado una información importante que necesitan en la sede inmediatamente. Tengo que mandar un e-mail. Todas las acciones son urgentes. Vamos, rápido. Estate atento a lo que voy a hacer…

Beatriz no pierde la calma ni un instante. Está entrenada para responder en situaciones críticas, para saber reaccionar y buscar soluciones eficaces. Ha tenido una buena maestra, su madre, y ahora es el momento de poner en práctica sus lecciones. Copia y pega párrafos y envía un correo a Silvia, bajo la atenta mirada de Javier, con un mensaje escueto en el que le dice que están en el aeropuerto de Élesmes, que ha ocurrido algo inesperado, pero que informarán de todo a Arturo en cuanto puedan, y que, por favor, sea prudente con cómo maneja la información que le envía y que estaban esperando, pero solo a ella para que no caiga en las manos equivocadas, son confidencias. No puede causar alarma, todo va a solucionarse. Beatriz confía en que si los analizan en la sede con calma lleguen a la conclusión sobre lo ocurrido esta mañana.

Los dos se levantan y Javier alza los brazos para indicarle al encargado de la cafetería que van hacia allí inmediatamente.

—Beatriz, a ver si ese hombre nos puede facilitar su móvil. Me va a ser más fácil contactar con Arturo. Si pudiéramos saber en qué dirección han ido…

Ella lo mira y le sorprende el empeño y la implicación de Javier, así como su insistencia en llamar a Arturo y localizar a Mónica y a los demás. Algo se le está escapando. Si no se equivoca, tan solo es un copiloto. ¿Por qué se está tomando tantas molestias? ¿Por qué ese interés en comunicarse con Arturo? Además en ningún momento le ha pedido el contacto, ¿lo tiene? No puede ser alguien contratado por Recursos

Humanos. De pronto, se le enciende una luz. Quizá Mónica la contrató directamente, saltándose el departamento, para buscar a alguien de su perfil, que se implicara al máximo y que estuviese lo más vinculada a ella posible. Que fuese de su máxima confianza, aunque poco ha conectado hoy con ella… Entonces ¿Javier es algo más que un piloto de aviones privados? ¿Están ahí los dos con el mismo propósito: implicarse al máximo y ayudar a los Rodríguez más allá de los límites de la empresa? Cuando tenga tiempo, va a tener que hacerle varias preguntas… De momento, se le ocurre algo y lo comparte con el joven piloto.

—Déjame comprobar una cosa. Quizá pueda saber dónde están… —Javier la mira sorprendido—. Verás, Mónica y yo siempre tenemos que estar conectadas. Tal vez a ella se le haya ocurrido lo mismo que a mí. Ojalá haya podido ocultar su reloj inteligente o uno de sus dos móviles. Si ha podido encenderlo…

—… lo puedes rastrear a través de la tablet.

Los dos, expectantes, miran a la pantalla. Y entonces ocurre.

—¡Ahí está! —gritan a la vez, excitados por los nervios.

Corren hacia la cafetería, no pueden demorar más la llamada a Arturo. Además, como los ha advertido María, tienen que socorrer cuanto antes a Dámaso. No hay tiempo que perder… Cada minuto cuenta.

# 42

## Cuestión de confianza

### Jairo

*14.50*

Se ha refugiado en su despacho. Le cuesta asimilar lo que le ha contado Arturo, que estaba fuera de sí. Ha intentado calmarlo, pero con escaso éxito. Tiene que ser una pesadilla. La peor pesadilla que ha tenido nunca. Han secuestrado a Mónica. Y sospecha que su suegro se ha guardado algo: no ha mencionado el paradero de los demás. Es más, le ha dicho que no han llegado a aterrizar en Bruselas. Entonces ¿dónde están? Arturo tiene que hacer una transferencia inmediata. Es el rescate para que Mónica vuelva con ellos. Imagina que nada más colgarle habrá contactado con la directora de su banco de confianza y los dos deben estar en ello. Espera que sea rápido. Piensa con angustia cómo estará ella… Se sienta en su silla, impotente. ¿Qué puede hacer él? Lo primero, mantener la calma y disimular ante los demás. Va a intentar llevarlo con discreción. Cada vez está más confuso. ¿Qué ha podido pasar? ¿Qué está ocurriendo realmente? De pronto llaman a la puerta del despacho.

—¿Sí?

—Jairo, soy yo, Silvia. Por favor, ¿puedo entrar? Tengo que contarte algo. Necesito hablar contigo.

—La puerta está abierta, puedes pasar.

Silvia abre y entra. Se sitúa frente a él. Su rostro es de preocupación.

—Jairo, ¿qué te estaba contando Arturo? Tengo que saberlo. Cuando has salido del despacho de Ramiro, he ido detrás de ti... Pero he recibido un e-mail inesperado y...

—Silvia, no puedo contarte nada de momento. Es mejor. Pronto me vas a entender, lo siento.

—Sé más de lo que crees.

Jairo se siente cansado. Está a punto de desmoronarse. Se da cuenta de que necesita compartir con ella lo que ocurre y confiarle todos sus miedos y dudas para que le ayude a llevar ese peso que nadie más de la empresa debe saber... Silvia le ofrece su móvil.

—Lee este correo y luego examina todos los datos que hay en él... Estamos muy cerca de saber lo que ha ocurrido esta mañana. No nos equivocábamos, Jairo. Dime ahora qué ha pasado, qué te ha dicho Arturo.

Según se va desvelando la información ante sus ojos, Jairo se lleva las manos a la cabeza. Beatriz ha dado señales de vida, pero no cuenta nada. Solo informa de que va a contactar con Arturo en cuanto pueda. Su suegro pronto va a saber más cosas que desconocía, entre ellas en qué aeropuerto se encuentran. Pero lo de los datos... Su cabeza empieza a funcionar a cien. No puede dejar de pensar. Tiene que contener las emociones y ganar tiempo antes de decirle nada a Silvia, que observa en silencio sus reacciones.

¿Adónde se han llevado a Mónica y por qué? No puede reprimir las sospechas que ha querido ocultar desde el principio. Mónica es la única persona de la empresa que conoce bien todo el sistema que él ha implementado en las rutas comerciales, ya que él mismo se lo explicó. Como responsable última de todos los procesos necesitaba las claves por si en algún imprevisto ella debía asumir el mando. Siempre que por seguridad se cambian las claves, Jairo le actualiza el documento con las especificaciones. De modo que, desde cualquier dispositivo, Mónica puede acceder al sistema y modificar papeles, cambiar órdenes, alterar datos, todo. Mónica nunca ha tenido que utilizarlas… ¿hasta ahora?

Jairo recuerda perfectamente el último día que lo repasaron juntos. No se mostró muy atenta. Desea entender qué ha podido ocurrir… y reza para que las sospechas que cada vez toman más cuerpo en su mente no sean ciertas. Se tranquiliza por un momento cuando se plantea la posibilidad de que, con todos los adelantos en espionaje informático, los secuestradores hayan hackeado el ordenador de Mónica, o tal vez el suyo, y hayan localizado ese documento…

Ya no sabe qué pensar. Solo Mónica y él poseen esa información, ni siquiera Arturo o Ramiro. Pero algo no le cuadra. Le faltan piezas en el puzle… Mónica lleva a la empresa al precipicio ¿y luego la secuestran? Pero ¿por qué ha querido su mujer desestabilizar el imperio? No encuentra la respuesta.

De momento no va a decir nada. Además, no quiere dudar de ella. Ahora lo que importa es recuperar a Mónica con vida. Cuando todo acabe le pedirá explicaciones sobre la crisis desatada. Se sentarán frente a frente y hablarán seriamente, y Mónica le va a tener que contar muchas cosas. Jairo le va a demostrar que la quiere, que la quiere mucho, porque lo que ella le cuenta no saldrá de esas cuatro paredes, él no dirá palabra. Ni a Ramiro ni a Arturo, tampoco a Silvia. Mónica tiene que confiar en él. Ya tendrán tiempo de hablar…, porque va a estar viva, porque la van a encontrar, porque van a confiar el uno en el otro… Porque saldrán juntos de esta. Mónica le va a explicar todo y sabrán cómo actuar.

Jairo, rápido, planea qué hacer. A Arturo le dirá que Beatriz se ha dado cuenta de que alguien ha robado las claves para meterse en el sistema y que están intentando localizar al responsable. Que Silvia y él pueden restablecer la ruta porque han localizado todo lo que ha sido manipulado. Le insinuará que es posible que hayan hackeado su ordenador o el de Mónica para robar las claves y vendérselas a los secuestradores, o que incluso los secuestradores hayan sido también los autores del hackeo… Algo tiene que inventarse, algo verosímil, que no los implique a ninguno de los dos, él no puede ahora ser el cabeza de turco… Tiene que ganar tiempo y proteger a Mónica. Sí, llamará a Arturo cuanto antes y que luego él, si lo considera oportuno, informe a Ramiro, él no piensa llamarle.

Deja de leer en el móvil de Silvia y la mira fijamente. No puede compartir todo con ella, se lo debe a Mónica, pero sí repartir la carga y apoyarse en ella. Ahora mismo es la única persona en la que puede confiar. Ellos dos son los únicos en la sede de Galicia al tanto de las dimensiones de lo que está ocurriendo.

—Silvia, tenemos mucha labor por delante. Te voy a contar lo poco que sé. Arturo me ha dicho que han secuestrado el jet…

# 43

## *On the road*

### Mónica

*Poco después de la explosión del jet*

«Debe de ser la medicación, hasta yo misma me siento demasiado tranquila. Prefiero no mirar atrás. Me he quedado preocupada por Dámaso. Y también lo estoy por Humberto. No entiendo esa violencia. ¿Por qué? Me viene a la cabeza una novela de Kerouac que leí de joven y una frase que se me quedó grabada: "Todavía nos quedaba mucho camino, pero no nos importaba: la carretera es la vida". Quiero que me quede mucha carretera por recorrer. Maldita bolsa de tela, si al menos pudiese ver el paisaje. No quiero pensar, necesito refugiarme en mis recuerdos, así llevo todo el día».

Mónica, encapuchada, dentro de un coche. A su lado sabe que están Ignacio y Humberto. El abogado de vez en cuando gime. A Ignacio le siente recto, con una posición casi firme, militar; silencioso; vigilante... No sabe qué habrán hecho con los dispositivos de los demás. En fin, no va a preocuparse ahora de eso. De pronto oye hablar en algún idioma de Europa del Este y Humberto empieza a removerse más de la cuenta.

—No, no, déjenme. No quiero.

Les han dicho que no hablen entre ellos, pero Mónica desea decirle que no se preocupe, que no va a pasar nada. Las voces le indican al abogado en inglés que se tome esa pastilla y que no vuelva a protestar. Supone que Humberto se la toma. Y, en unos segundos, ya no oye gemidos, sino una respiración pausada.

De momento, intenta no moverse y mantener la calma. Lo mejor es huir con su mente. Salir de ese coche con su imaginación. Lo más curioso es que nota que tiene una fuerza interior nueva, algo que le hace presentir que va a poder con todo. Vuelve a sus días más felices en México. Su mano recorre los campos de algodón de Chihuahua. Un manto blanco se extiende a su alrededor. Corre sin parar, feliz, entre la tierra de cultivo. Detrás de ella está él. El sol se refleja en su rostro. Su historia está en México. La felicidad está allí. Los dos han recorrido territorios indígenas, se han empapado de su cultura, han tocado todas las telas posibles, han visitado los telares… Allí todo se vive de otra manera, a pesar de la violencia. Los colores brillantes todo lo tapan: el rojo, el naranja, el azul…

Se enamoró sin remedio del Día de Muertos, para ella fue todo un descubrimiento. En México la muerte es pura celebración. Se canta, se baila y se come como si no hubiese un mañana. Las fotografías de los muertos inundan los altares. Ella hizo uno rodeado de cempasúchiles, naranjas y amarillas, con calaveras de azúcar y en lugar predominante colocó las fotografías de su madre y su hermano con los marcos más bonitos que pudo encontrar. Y celebró ese día, vaya si lo celebró. Los dos bebieron el mejor tequila y bailaron al son de los mariachis hasta el amanecer.

Han bajado las ventanas del coche para tirar los móviles. Mónica siente el aire en el rostro, el pelo se agita a pesar de llevar la funda puesta. Humberto respira tranquilo. Mejor que esté descansando, que no piense, que no pase miedo. Ignacio se ha sumido en un silencio sepulcral. Lo imagina atento a todo y al acecho. Y ella, Mónica, prefiere no pensar, sino seguir mirando adelante mientras el coche avanza por una carretera que parece no tener fin.

No se fija en el rostro de sus secuestradores a través de la tela que cubre su mirada. En su lugar, solo acierta a imaginarse el de su hermano y el de su madre. Ellos sonríen. Van delante. Ella conduce y su hermano, de copiloto, se gira inquieto. No deja de mirarla con una mueca traviesa, se divierte jugando con ella. Es un recuerdo bonito que contrasta con el caos en el que está ahora sumida.

# 44

## Mala imagen

ARTURO

*14.52*

Arturo está inquieto. Tatiana todavía no le ha llamado, eso significa que aún no han realizado la transferencia. Pero también piensa que no está mal ganar tiempo, tal vez todo se solucione antes de tener que transferir el dinero. A él no le gusta que lo manipulen ni lo engañen. Se encuentra ahí esperando, lo que menos soporta, en esa habitación de hotel de lujo en Madrid. No lo llaman de la sede de Galicia, ni siquiera Ramiro le está calentando la oreja. Tatiana sigue sin llamarlo. Tampoco nadie de Bruselas. Ni Mónica, ni Humberto, ni Javier... ¿Dónde pueden estar?

Por ganar tiempo recoge el equipaje. ¡Qué ganas tiene de coger un avión, cualquier avión, que le lleve cuanto antes a Galicia! Allí siente que siempre tiene todo bajo control o que puede operar mejor. Con los suyos, en su tierra. En su sede central encuentra toda la energía que necesita. Han hecho explotar su jet privado. Qué ironía, el día que más quisiera usarlo. No ve el momento de dejar esa habitación, ese hotel y

Madrid. Cómo ansía recuperar el control. Demasiados frentes que gestionar.

Llega un mensaje. Otro vídeo. Ya le extrañaba que no siguiera el acoso y derribo de los secuestradores, la presión para que haga la transferencia cuanto antes. ¿Qué más le pueden mostrar? Sí, hay algo más. Parece una prueba de vida de su hija o algo similar. Pulsa Play. Un plano fijo del rostro de Mónica. Lee un papel. Su tono carece de todo sentimiento o emoción, quizá esté en shock.

—Rodraprex es una empresa explotadora que permite que en sus filiales textiles en otros países, como los de Europa del Este, sus trabajadores tengan horarios prohibitivos, que no tengan los turnos adecuados para la seguridad y el descanso, que no puedan afiliarse a ningún sindicato laboral, hay menores de edad trabajando y personas sin papeles... Se violan sistemáticamente los derechos fundamentales del trabajador en favor de la producción internacional y de los beneficios económicos del imperio textil de la familia Rodríguez...

A Arturo le cambia la cara. Están dándole una y otra vez donde más le duele: su hija y su empresa. No puede estar pasándole esto. Además, no tiene a su lado a Humberto, el mejor abogado y amigo con el que siempre ha lidiado cualquier problema. ¿Qué le habrá pasado? ¿Dónde estará? Porque sigue vivo..., no se permite pensar en cadáveres. En eso evita pensar. ¿Estaría dentro del jet cuando explotó? Si se centra en eso, le van a fallar las piernas y no va a poder actuar con la mente fría que necesita.

Ahora no solo pueden arrebatar la vida de su hija, sino que la imagen de su empresa puede quedar muy dañada. De momento, le tienen atado de pies y manos. Si estas imágenes se difunden en prensa, Rodraprex no sobrevivirá al escándalo y se hundirá. Más tarde o más temprano los medios intervendrán, es imposible ocultar por mucho más tiempo un avión que salta por los aires y un secuestro, pero prefiere que la noticia salga a la luz cuando él pueda afirmar que todo ha sido un susto cuyo relato maneja él. Cualquiera con dos dedos de frente sabe que hoy en día esas afirmaciones son totalmente irreales, sesgadas y poco probables teniendo en cuenta la calidad de los controles y el funcionamiento de los departamentos a nivel internacional que para tal fin existen. También sabe que, una vez causado el daño, filtrada la noticia, la gente no se interesa por lo que realmente ocurrió; un titular amarillista vende más que cualquier demostración de los verdaderos hechos. Por eso tiene que ser rápido, muy rápido.

Es consciente de que ha actuado durante años como un perro viejo con la mente de un zorro muy listo. Sabía que más tarde o más temprano algo así podría ocurrir, y así ha sido. ¿Cómo iba a conseguir unos números tan buenos y una proyección anual tan envidiable de no hacer la vista gorda en según qué aspectos, como las políticas laborales de las filiales?

Arturo se para en medio de la habitación. Ha de actuar con premura. La empresa debe salir de esta crisis y seguir encarando el futuro. Tiene que saber qué ha pasado con Mónica y con todos los pasajeros que iban en ese avión. Cómo echa de menos a Humberto. No puede más con la espera. Entra un e-mail, es de Tatiana. Tal vez haya podido realizar ya los primeros trámites para la transferencia y le da instrucciones de los permisos que debe ir facilitando…

# VIII

# Horizontes artificiales

# 45

## En busca de la señal

### Beatriz

*14.52*

El encargado de la cafetería está visiblemente alarmado. Solo habla francés, así que, como Javier apenas entiende el idioma, es Beatriz la que se comunica con él. Los idiomas son fundamentales para desempeñar su trabajo, así que ella se ha preparado a conciencia. Lo primero que le pregunta Beatriz es qué ha visto. Gaetan, que así les dice que se llama, les cuenta que ha visto cómo se han llevado a tres personas con capuchas que les tapaban la cabeza, que las han subido a un coche y que luego han salido en convoy con todas las furgonetas. Les indica la dirección exacta y les ofrece toda su ayuda.

—Beatriz, pregúntale si nos permite hacer una llamada urgente por su móvil, si es tan amable. Lo prefiero.

Gaetan se lo ofrece inmediatamente.

—Voy a llamar a Arturo. Tengo que contarle todo lo sucedido. Antes de hacer ningún movimiento, tengo que hablar con él.

Ella lo mira con cara interrogante. El copiloto cada vez le sorprende más. Él le pone la mano en el hombro y le dice en voz baja:

—Confía en mí, Beatriz.

Ella accede, pero cada vez tiene más claro que, cuando todo termine, mucho va a tener que hablar con él. Javier marca enseguida el teléfono de Arturo y pone el altavoz para escuchar mejor. Beatriz oye tan solo el principio de la conversación, puesto que el copiloto se va alejando poco a poco.

—Arturo, soy Javier.

Escucha un suspiro de alivio.

—Javier, ¿dónde estáis? ¿Con quién estás? ¿Estás con Mónica?

Beatriz, mientras, le pide a Gaetan si le puede facilitar algo de bebida y un botiquín de primeros auxilios para María y Dámaso. El hombre, solícito, va corriendo a por todo lo que le ha pedido. Y no tarda mucho en regresar, apenas unos minutos, con unas cuantas botellas de agua. Beatriz se apresura a abrir una, está sedienta.

Cuando acaba de hablar con Arturo, Javier regresa al lado de Beatriz. Ha informado a Arturo de todo lo que saben, del aeropuerto donde han aterrizado y de cuál es la situación de cada uno. Le ha explicado que han enviado un e-mail a Silvia con los datos urgentes que necesitaban y avisándola de que enseguida se pondrían en contacto con él y que todo lo tratara con máxima discreción. Arturo lo ha agradecido y él controlará cómo se maneja la información desde la sede. Le dice que ya había movido algún hilo con sumo cuidado, puesto que no puede cundir el pánico.

—Pero, cuando le he contado que desde la tablet, confirmado además por la dirección que el convoy ha tomado, podemos seguir una señal porque parece que Mónica ha podido ocultar un dispositivo y que lo debe tener encendido, me ha dado instrucciones precisas.

—¿Qué instrucciones? —pregunta Beatriz que sigue atenta cada palabra de Javier.

—Nos pide que salgamos de las instalaciones del aeropuerto ya, antes de que lleguen ambulancias, policía y prensa y no podamos movernos. En cuanto nos vayamos, que Gaetan llame a emergencias para que vengan cuanto antes a por Dámaso y María. Arturo quiere que sigamos la señal con la tablet a ver hasta dónde nos lleva. No quiere que nos arriesguemos, solo que le informemos antes que a nadie... Está a punto de realizar una transferencia millonaria que piden como rescate; por eso, si podemos averiguar algo antes de que definitivamente la haga, tal vez pueda negociar si lo vemos oportuno...

Beatriz se queda en silencio, pero los dos están con la adrenalina a tope, así que piensa rápido y cree que Arturo tiene razón: es mejor averiguar cuanto antes el paradero de Mónica porque tal vez puedan echar una mano antes de que sea demasiado tarde. Es una locura todo, pero le sale del alma.

—Está bien. Vámonos, Javier. Pensemos cómo salir de aquí ya.

Javier señala un coche, pequeño y bastante viejo. Beatriz lo confirma rápido. Es de Gaetan.

—Quizá estemos abusando demasiado de él, pero necesitamos su coche.

—Lo sé.

Javier se toca con cariño la muñeca donde lleva un reloj que a Beatriz se le antoja bueno.

—Pídele las llaves del coche. Dile que dejamos en prenda este reloj.

Beatriz nota que le cuesta quitárselo.

—Este reloj era de mi padre, pero creo que se sentiría orgulloso si supiera por qué me estoy desprendiendo de él...

A Beatriz le sorprende cada vez más Javier.

—No te preocupes, pronto lo recuperarás. Espera, que hablo con Gaetan. No perdamos más tiempo.

Cuando escucha la petición que le hace Beatriz, Gaetan muestra contrariedad, pero, en cuanto aquella señala el reloj, cambia el gesto y le entrega las llaves. A Beatriz le sale espontáneo un abrazo, que el francés acepta a regañadientes. Eso sí, tiene condiciones.

—Nos deja el coche. Dice que se fía de nosotros, que sabe que no vamos a engañarlo, pero que, si le devolvemos el coche con un solo arañazo, se queda el reloj. Rápido, subamos.

Y los dos, que siguen con la adrenalina a tope, no pierden ni un segundo. Saben que dejan a Dámaso y María en buenas manos. Se meten corriendo en el coche en busca de la señal. Beatriz manejará la tablet y comprobará que no pierden la señal. Javier conducirá. Una vez dentro Javier arranca y se meten en la carretera por donde se perdió el convoy…

# 46

# Ejecuciones

## Humberto

*15.00*

Despierta en una sala fría, está en el suelo. Sigue atado y le duelen la cabeza y el estómago. Todavía tiene la capucha puesta. Lo han dejado tirado en el suelo como a un perro, sin ver.

Solo le vienen flashes a la cabeza. El golpe, cómo le bajaron del avión y le subieron a un coche donde le obligaron a tomar una pastilla. Y ya no recuerda nada más. Está preocupado por los demás, ¿qué habrá sido de Dámaso y de María? O de esa Beatriz, menuda manera de estrenarse en el trabajo... Solo lleva unos días y sufre un secuestro. Le pareció que en el coche le sentaron en un asiento trasero junto a Mónica e Ignacio. No les dejaron dirigirse la palabra. Pero allí se encuentra él solo. ¿Dónde tendrán a Mónica? Espera que esté bien. ¿Quiénes son los secuestradores? ¿Cuánto tiempo los retendrán como rehenes? No sabe cómo se lo tomaría Arturo si perdiera también a Mónica, pero eso no puede pasar.

Aunque a veces tiene la sensación de que su amigo solo vive por y para Rodraprex. Prefiere no pensar en ello. No obstante, sabe que Arturo ha construido todo su imperio para que su familia viva bien, aunque solo le queda ya Mónica. ¿Qué ha hecho mal para que sus seres queridos se hayan ido? Adela, Alejandro…

Necesita calmarse un poco. Debe pensar qué hacer. Pregunta en alto si hay alguien más con él; siente que está solo, pero que cerca, en ese mismo lugar que no sabe ni lo que es, están pasando cosas. Los muros de las paredes parecen sólidos. La estancia es bastante fría. Está en el suelo y no puede moverse demasiado. Aguza el oído. Y escucha, oye voces que no logra entender. ¿Hablan ruso tal vez? De pronto, le parece que es Mónica la que habla, está contando algo. Se aproxima a la puerta arrastrándose por el suelo, que efectivamente está cerrada. Quiere acercarse a donde provienen los ruidos. Pega la oreja a la puerta, pero no oye nada.

Acto seguido, Humberto escucha un disparo y el ruido de un cuerpo que se desploma en el suelo. Instintivamente se retuerce, asustado. ¿Qué es lo que está pasando? No le gusta nada. ¿A quién han disparado?

Se remueve inquieto. Quiere sobrevivir. No grita. ¿Vendrán a por él? ¿Le pegarán un tiro? Tiene ganas de llorar; nunca le ha sido fácil llorar, pero hoy cree que no tendría ningún problema.

¿Por qué no se habrá quedado con su mujer y con su nieta? Hoy era un día para estar con su familia. Ahora tendría que estar al lado de su nieta y haberse deleitado con esa prueba en la orquesta sinfónica que, está seguro, ha sido brillante. ¿Tiene algún sentido habérsela perdido? Cómo se alegró de que Mónica le consiguiese esa prueba a su nieta. Ese es su sueño, y él tendría que estar disfrutando de ese sueño junto a ella. Todavía recuerda cuando Mónica, que sabía sobre los anhelos de su pequeña, entró en su despacho y le dijo que podía conseguirle una prueba de acceso a la niña. Cuánto se lo agradeció, y Mónica cumplió con su promesa.

Y se ha perdido la ilusión de su pequeña, todo para pasar la peor mañana de su vida. Todo le ha dolido, todo. Lo que más, pensar que el último recuerdo que tiene de Mónica, la hija de su amigo, sea una discusión con ella en un avión... La conoce desde que era una niña, por Dios. Claro que le tiene cariño y desea lo mejor para ella, aunque Mónica no lo piense. Tiene que hacer algo, pero lo cierto es que él, que siempre ha sido tan resolutivo, ahora no sabe qué hacer. Se siente angustiado, sin capacidad de movimiento. Cierra los ojos.

Ha perdido la noción del tiempo. Se siente paralizado. ¿Qué está pasando al otro lado de la puerta? No puede soportarlo más, pero tiene la intuición de que sería un error gritar. De repente, otro disparo.

Una lágrima se desliza por su ojo derecho. No quiere pensar. ¿Están ejecutando a sus compañeros? ¿Lo van a ejecutar a él? ¿No han pedido un rescate?, ¿o no van a pagarlo?, ¿o quizá han pagado ya y aun así los están matando? Ya no sabe ni qué pensar.

La lágrima se precipita hasta el suelo. Y en esa lágrima es como si dejara escapar toda su vida. Le pasan rápido por la mente todas las secuencias. Su vida de estudiante; su amistad con Arturo, lo que lucharon para poner Rodraprex en pie; su mujer, Uca, siempre a su lado, aguantando muchas horas de soledad; el nacimiento de su primera hija, la madre de su querida nieta... No, no quiere morir, y menos de un disparo en la cabeza, como un perro con rabia.

Vuelve a aguzar el oído. Escucha unos portazos y unos motores que arrancan. Después, el silencio más absoluto. No tiene noción del tiempo. Se pregunta cómo va a salir de allí. ¿Cuánto tiempo va a tener que estar ahí encerrado?

Y entonces, solo entonces, en esa soledad que se le va haciendo insoportable, percibe un sonido que pronto identifica. Es el crepitar del fuego. Está perdido. Lo han dejado solo en un lugar que está ardiendo, atrapado. Con la fuerza que adquiere todo hombre que ansía sobrevivir empieza a moverse como puede de la manera más brusca posible para tratar de romper las bridas, aunque con cada intento le duele aún más el estómago. Humberto va a salir de allí, no sabe cómo, pero se niega a morir abrasado…

# 47

# Columna de humo

## Javier

*15.10*

Javier pisa el acelerador un poco más de lo debido. Al ser una carretera secundaria no cree que vaya a tener mucho problema con la policía. No quieren perder la señal, no saben si Mónica va a poder mantener mucho tiempo su dispositivo encendido. Desde hace un rato la señal no se mueve. Eso puede querer decir dos cosas: o han parado en algún sitio, o han pillado el dispositivo y lo han tirado. Esperan que sea la primera opción.

Se acaban de conocer, pero ahí están los dos trabajando en equipo. Los efectos de la adrenalina en sus cuerpos son increíbles. Desde la explosión no han parado ni un segundo. Esa carretera recorre un paisaje que, pese a las circunstancias, reconoce que es precioso. Además, no puede imaginar mejor compañera de viaje que Beatriz. Qué mal empezaron esta mañana, pero desde que se ha precipitado todo tiene la sensación de que podría llevarse muy bien con ella. Está seguro de que sus mundos no son muy distintos. Sí, ellos se reconocen. Se mueven en los mismos códigos. Los dos han luchado para llegar hasta donde están y son unos apasionados de sus trabajos. Irrumpe en sus pensamiento la voz de Beatriz.

—Javier, malas noticias.

—¿Por qué? ¿Qué ocurre?

—Ya no hay señal.

—Vamos a pensar que se le ha acabado la batería, pero si te parece llegamos al punto donde ha estado parada la señal tanto tiempo.

—No nos queda otra, espero que no sea demasiado tarde.

—Beatriz, voy a detenerme un momento en este arcén. ¿Qué te parece si miramos la posición y nos metemos en una app que nos permita ver un mapa de la zona pero visualizarlo por satélite? Así me puedo hacer mejor una idea de lo que tenemos en los alrededores.

—OK, Javier. Por algún extraño motivo, me fío de ti.

Cuando detiene el coche, Beatriz le pasa la tablet y Javier abre una app de mapas. Los dos miran la pantalla mientras Javier navega por el mapa para dirigirse a la zona donde se ubica la señal.

—Te mueves bien con estos mapas. Menos mal que tienes sentido de la orientación, porque lo que es yo…

Javier sonríe. Por fin ha descubierto algo que no se le da bien a su compañera. Le hace gracia, pues hasta el momento está fascinado con las habilidades de Beatriz. ¡Alguna debilidad tenía que tener!

—Sí. Me gusta. Mi padre era militar y me enseñó a orientarme y a utilizar todas las herramientas posibles para ubicar cualquier lugar. En aviación viene muy bien…

—Mira, Javier.

La señal se emitía desde un bosque que a todas luces parece grande. Distinguen en la pantalla varias cabañas, bastante separadas unas de otras. Pudiera ser que en alguna de ellas se hubiesen parado.

—Hay que acercarse a esas cabañas…

—Sí, pero tenemos que ser prudentes. No debemos aproximarnos demasiado. No podemos alarmarlos. Veamos hasta dónde podemos seguir y luego decidimos qué hacer.

Y, justo cuando Javier va a arrancar, un estruendo llega hasta ellos. Beatriz grita.

—¡Javier, ha tenido que ser donde estén ellos! ¿Estarán dentro?

—Tranquila, no puede ser. Están esperando el rescate. No han podido hacer algo así. Lo mismo solo es que se han marchado de allí y no quieren dejar huella. ¿Lo ves?, hay una columna de humo. —Javier inicia entonces la marcha dándole a entender a Beatriz que se dirige al origen de la explosión.

Beatriz lo mira preocupada. Javier conduce hábilmente hasta una carretera de tierra que le permite penetrar en el bosque. Solo tiene que seguir la columna de humo para llegar y saber qué es lo que ha pasado. El efecto de un esplendor en el fondo con ese humo gris parece que los conduce hacia un horizonte artificial, extraño. El coche avanza a la máxima velocidad.

# 48

## Que todo siga como está

### Arturo

*15.15*

Arturo continúa esperando, pero parece que todo va a empezar a fluir en breve. No ha dado todavía a Tatiana la luz verde para la transferencia. Ya está todo listo, tan solo falta que él lo autorice. Solo quiere ganar tiempo. Ahora que todo está preparado, se siente más seguro, menos vulnerable.

Tiene que recibir la llamada de Javier, que ha ido con Beatriz tras la señal. Le ha sorprendido gratamente esa empleada nueva. Nunca pudo entender por qué se fue Maite, su hija y ella eran uña y carne. Tampoco por qué Mónica se dio tanta prisa en contratar ella misma a Beatriz. Bueno, pensándolo bien, es normal que, como trabajaría para ella, quisiese encargarse de buscar a la persona que ocupara dicho puesto. Él hace lo mismo, elegir a los que quiere a su lado. Tiene intuición y olfato para detectar a la gente buena en su trabajo. Al fin y al cabo, quizá Mónica también lo haya heredado.

Espera que esa llamada se produzca en breve y, sobre todo, no recibir otro vídeo de los secuestradores. Saben ejercer presión, él intenta resistir, pero no está siendo fácil. Pero ¿y si en el último momento puede pararlo todo o incluso negociar con ellos? No han podido ir muy lejos. Confía plenamente en Javier, tiene buenas habilidades, como su padre..., por eso lo quería en su equipo.

Cuenta con poco tiempo ya. Los de emergencias estarán al caer y la policía tampoco tardará en presentarse en el aeropuerto de Élesmes. Una vez que atiendan a Dámaso, hablen con María y con el dueño del restaurante, le contactarán a él. Lo sabe. Pero no podía arriesgarse a dejar sin atender a un empleado. Solo espera que cuando le llamen tenga bastantes piezas para que él pueda armar el relato. Luego sabe que le tocará lidiar con la prensa...

Hace años vio una vieja película italiana que le gustó con diferencia y no ha olvidado una frase que decía un viejo aristócrata, uno de esos papeles inolvidables de Burt Lancaster: «Si queremos que todo siga como está, es necesario que todo cambie». No le falta razón. Cuántas veces ha hecho cambios importantes en la estructura de Rodraprex para que todo siga igual. Hoy ha sido uno de esos días cruciales, pero todo va a seguir igual, como que se llama Arturo. Se lo ha repetido a Mónica en multitud de ocasiones, incluso esta mañana, sin ir más lejos: «Las empresas grandes no dejan huella porque sepan hacer las cosas bien, sino porque saben cómo reponerse cuando algo no va como debería». Hoy varias cosas no van como deberían, pero está en ello. Están reparando lo que pueden.

Desde que ha hablado con Javier no ha parado ni un solo segundo: videoconferencias, e-mails, wasaps, llamadas. Tiene demasiados asuntos que gestionar. Todo con rapidez y en muy poco tiempo. Cuando llegue a Galicia, la situación en Rodraprex va a estar más controlada que esta mañana. El tsunami va calmándose. Está informado de todo; ya habló con Silvia, que, como le dijo Javier, había recibido noticias de Beatriz. Va a costar, pero Jairo y ella están trabajando ya para restablecer la ruta comercial en los puntos donde la cadena se había roto. Luego encontrarán quién ha intervenido en el corazón del sistema y por qué lo han hecho: si alguien los ha traicionado, si han sufrido un hackeo, si hay responsables o no... Si su hija Mónica ha metido la pata o ha querido fastidiarle, como sospecha desde esta mañana, o no...

Una cosa es cierta: con dinero todo se puede. Ha conseguido el contacto de un grupo de mercenarios en Polonia para que peinen los almacenes y camiones. Ese vídeo ha podido ser un montaje, y, si es así, ellos tienen el equipo necesario para desactivar cada una de las bombas. Les ha pedido rapidez y que no dejen rastro de sus actividades. Todo ha de quedar intacto y a la policía le dirá que todo ha sido un montaje..., y tal vez lo sea... Los mercenarios le han costado mucho dinero. Desde luego puede decir que le está saliendo un día muy caro.

Por otro lado, acaba de tener una conversación con Ramiro. Un tipo como él es necesario en Rodraprex, sobre todo ahora, cuando los beneficios deben aumentar para recuperar todo lo perdido. Es una fiera, pero él sabe cómo calmar a las fieras; solo ha sido cuestión de dejarle claro quién está al mando. Ramiro ya se ha puesto manos a la obra y va a dar los pasos pertinentes para tranquilizar a los de Bruselas, aseverarles que todo está volviendo a su cauce y que pronto podrán informarlos de lo ocurrido. Sí, quedan muchos cabos que atar. Todos están arrimando el hombro y llegarán hasta el final para que Rodraprex siga funcionando al máximo rendimiento.

Otra idea le ronda la cabeza, aunque intuye que a Ramiro no le va a hacer nada de gracia, porque, si sale a la luz el vídeo, la cotización de la empresa en el IBEX podría desplomarse, y los valores al alza que están obteniendo últimamente son gracias a él. No sabe cómo actuar cuando aparezca la prensa. Está en juego su imagen. Puede ser una catástrofe. Si se filtra el vídeo donde se denuncian las condiciones de las filiales, están perdidos. Si no prepara una respuesta rápida, necesitará una metralleta de informaciones buenas y maravillosas alrededor de Rodraprex. No le va a venir mal reavivar la fundación, el proyecto de Mónica en México. De paso le da una alegría a su hija, en cuanto esté de nuevo a su lado, y le sirve de tapadera para esta temporada tan revuelta. Luego ya verá.

Justo cuando se está tratando de convencer a sí mismo, entra un mensaje. Otro vídeo. Pero ¿qué más se les puede ocurrir para presionarle? Espera que no quede mucho para tener noticias de Javier y Beatriz... Pero lo que ve en él echa por tierra todos sus planes. No puede creer lo que tiene delante. No le han podido dejar de una manera más clara que van en serio.

Percibe un dolor inmenso en el pecho. Lo atacan desde tantos frentes al mismo tiempo. No ha querido sentirse vulnerable, ha luchado por salir de esta. Ha intentado tomar las riendas, no perder el control, ganar tiempo, pero ese vídeo le ha roto todos los esquemas.

Ignacio está arrodillado con las manos en la cabeza, inmovilizado y con la boca tapada. De pronto, aparece una pistola que apunta a su frente. Ignacio no grita ni llora. Con su pasado militar, está entrenado para en momentos así mantener a raya las emociones. Entonces ocurre. Un disparo. El cuerpo de Ignacio se desploma. Una ejecución en directo. Ha oído un sollozo, cree que puede ser su hija. No lo soporta. Tiene que tomar ya la decisión, no puede esperar a Javier y Beatriz; quizá no lleguen a tiempo. Los secuestradores son peligrosos, muy peligrosos. No puede dejar toda la responsabilidad a esos dos jóvenes. No es ningún juego, el próximo puede ser Humberto, su amigo. Y, lo peor, si se hartan, pueden ejecutar a su hija.

No se lo piensa más. Da luz verde a Tatiana. Necesita que la transferencia se haga inmediatamente. No quiere cargar con más muertes. Se derrumba en el sillón y espera. Se queda observando una pared con la mirada perdida, escucha su propia respiración como si saliera de esa pared, agitada, tosca, fragmentada. Se lleva la mano al pecho. Cada vez le cuesta más respirar. No es la pared, es él. La respiración entrecortada es la suya.

# 49

## Rescate

### Beatriz

*15.20*

Beatriz observa la carretera en silencio. No está muy segura de qué es lo que van a encontrarse. Javier conduce con toda destreza y velocidad a través del bosque. Se dirigen hacia la columna de humo. Según se acercan descubren que una cabaña está ardiendo. Javier reduce la velocidad y aparca a cierta distancia. Temen que se produzca otra explosión, o puede que los estén esperando. La estructura de la cabaña está aguantando, aunque las llamas avanzan sin dejar tregua. Es una casa bastante grande.

—Javier, no hay ningún coche, ni siquiera están los furgones.

—Han estado aquí, hay huellas de neumáticos.

—Pero ¿habrá alguien dentro de la cabaña? No se oye nada.

Corren en dirección a la construcción.

—¿Y si se han desmayado por el humo? —insinúa Beatriz.

—Estoy pensando.

—Javier, tenemos que decidir algo ya. No hay tiempo. ¿Qué podemos hacer? Si esperamos un poco más, no podremos entrar…

Están ya frente a la casa en llamas. Beatriz se vuelve hacia Javier. Con la mirada le dice que han llegado hasta allí y que han ido dispuestos a hacer lo que sea necesario. Javier asiente y observa lo que tiene enfrente. Sopesa la situación.

—Creo que si me doy prisa puedo entrar. La estructura sigue aguantando. Solo espero que no haya nada más inflamable y se produzca otra explosión. Beatriz, te necesito aquí fuera para cuando salga, solo o acompañado, para que nos ayudes e ir corriendo hacia el coche. Tendrás que conducir tú…

—Pero…

—Prefiero entrar yo, es mejor que, si ocurre algo, uno de los dos pueda avisar. Yo además estoy entrenado para reaccionar en caso de incendio…

—Está bien. —Beatriz se da cuenta de que es lo más razonable, pero no cree que soporte la espera.

—Deséame suerte. —Javier sonríe.

—Suerte.

Javier corre al coche con la esperanza de que el francés guarde una manta en el maletero. ¡Bingo! Coge la manta y las botellas de agua que les dio Gaetan. Vuelve a toda prisa junto a Beatriz. Se cubre con la manta y le pide a ella que lo rocíe con el agua. Entre los dos pegan una patada a la puerta. Y Javier, sin pensárselo, sortea las llamas del gran salón. Beatriz ve cómo corre hasta una puerta al fondo, que golpea. Hay una especie de pequeño pasillo cubierto de humo, pero que las llamas aún respetan, casi como si fuera un pequeño búnker, aislado y protegido. Lo ve desaparecer. Pasan unos segundos angustiosos. Beatriz cada vez está más preocupada, porque el salón está sucumbiendo al fuego y se hace más y más difícil salir de allí.

Y entonces los ve. Javier lleva prácticamente a rastras a un hombre semiinconsciente. Están atravesando el salón cuando Beatriz se da cuenta de que se va a desprender una viga del techo.

—¡Javier, cuidado! Apártate a la derecha.

Javier hace caso al grito. Y cae la viga. El copiloto decide cargar con el cuerpo, como si de un fardo se tratase, para ir más rápido. Corre y sortea las llamas como puede. Beatriz ve que está empezando a toser. Quiere que corra un poco más, que salga ya. Se retira de la puerta principal... Y Javier sale más allá de la cabaña. Al aire libre. Deposita el cuerpo en el suelo, de lado. Y él se queda de rodillas tosiendo. Beatriz se acerca para ver a quién ha sacado. El hombre no para de toser. Es Humberto... Segundos después, tras coger algo de aire, Javier puede hablar.

—No había nadie más.

Humberto, débil, no para de toser, así que no se atreve a incorporarle. Cuando la tos empieza a remitir entre los dos le ayudan a encontrar la postura adecuada. Humberto los mira.

—Pero ¿qué hacéis aquí? —pregunta visiblemente sorprendido.

Beatriz le contesta, rápida, algo acelerada:

—Es un poco largo de contar. —Y, sin poder evitarlo, lo abraza—. Humberto, ¿estás bien?

Este suspira, preocupado. No rechaza el abrazo, como si lo necesitara después de lo pasado. Los observa a los dos, apesadumbrado, con una mezcla de terror y confusión en la mirada. Ha estado a punto de morir ahí dentro, lo sabe y sus ojos se humedecen. Con cierto reparo, les dice:

—Creo que han matado a Mónica y a Ignacio.

Javier le coge de los hombros.

—No había nadie más, Humberto. Estoy seguro.

Humberto no puede contener las lágrimas.

—Estoy seguro de que los han ejecutado.

Beatriz sigue abrazando a Humberto. Javier se ha puesto en pie. Entonces el abogado retoma la compostura.

—¿Podemos llamar a Arturo?

—Humberto, tenemos una tablet con muy poca batería. Hasta hace nada teníamos señal, pero creo que aquí no debe de haber mucha. Vamos al coche y acerquémonos de nuevo al aeropuerto, donde no solo habrá señal, sino que ya podrán socorrernos… —sugiere Beatriz.

—Tal vez sea lo mejor, pero, si hay señal, prefiero escribir a Arturo antes de dar ningún paso. Ayudadme a levantarme.

Javier se dispone a ayudarle y Beatriz siente de pronto todo el peso de lo que el abogado les ha dicho. Mónica está muerta. Los ojos se le llenan de lágrimas.

—Perdonad, no puedo olvidar cómo me miró antes de que la bajaran a la fuerza, fue como si me estuviese diciendo: «Todo va a salir bien, no te preocupes».

Humberto le da la mano. Continúa desorientado, pero acierta a decir, incluso en un momento así, como algo que se ha repetido durante años y forma parte de su credo:

—La familia Rodríguez, la amas o la odias.

# 50

# Dos cuerpos

## Humberto

*Unas horas después*

—Humberto, no voy a parar hasta saber qué es lo que ha pasado. Desde que me mandaste el e-mail, he pensado mucho. No voy a flaquear, ni por mí ni por Mónica. Hay mucho por delante. Rodraprex sigue viva, aún puedo salvarla.

El abogado escucha a su amigo al otro lado de la línea. Está en una habitación de hotel, solo. Y sigue preguntándose qué hace allí, lejos de su familia. Pero sabe que ahora tiene que escuchar a Arturo.

—Arturo, déjame un respiro. Y tú deberías parar también.

—No puedes flaquear ahora, te necesito a mi lado. Tenemos que preparar además la estrategia para la prensa.

—¿Cómo puedes pensar ahora en eso? Mónica ha muerto. Solo tiene que importarte eso. Por Dios, ya sabes que han encontrado restos de dos cuerpos en la cabaña. Va a ser muy difícil su identificación por el estado en el que estaban los cadáveres… Puede que tarden meses… Pero, Arturo, escuché dos disparos, como si los estuviesen ejecutando. Yo iba con ellos en el coche, con Mónica y con Ignacio, ¿no lo entiendes?

—Lo único que entiendo es que hay que seguir adelante. Está en juego nuestra imagen, Humberto. Si llega a manos de la prensa el último vídeo que me enviaron de Mónica secuestrada, estamos perdidos si no tenemos preparada una respuesta rápida. He pensado que no me va a venir mal reavivar el proyecto de Mónica en México, la fundación. Su fundación puede salvarnos.

Humberto sabe que su amigo no va a parar, que es su manera de combatir el dolor y la pérdida. Siempre hace lo mismo, como cuando murieron su mujer y su hijo. Rodraprex se convierte en su medicina.

—Arturo, sí. Pero hay demasiadas cosas que hacer. Sabes que la investigación va a seguir su curso. Llegarán hasta el final. Podremos intentar que no se filtre todo a la prensa, mantenerla al margen y que tal vez informen de noticias que nos sean más beneficiosas a Rodraprex, en eso te voy a dar la razón. Hay que hacer que todo vuelva a funcionar, reforzar la sede de Galicia y que todo se calme en las filiales...

—Por eso lo mejor es poner en marcha la fundación. Parece ser que Mónica no la dejó morir del todo. Ella se enfrentó a mí hasta el último momento. —Se queda sin voz por un instante—. La fundación también supondrá que el nombre de Mónica no se olvide. Yo pondré todos los medios para saber qué es lo que ha pasado, Humberto. Con policía y sin policía. Esos malnacidos lo van a pagar caro. Mientras no me digan que uno de esos cuerpos es el de mi hija, no voy a creer que está muerta, ¿me oyes?

—Arturo, escuché dos disparos...

—No hay cadáver de mi hija.

Humberto sabe que tiene que volver al tema de la fundación para retomar las riendas de la conversación. Así logrará que Arturo se sujete a algo real.

—Arturo, para, para… —Tras un largo silencio, a pesar del frenesí de la conversación, añade—: Vale, me ha quedado claro, pero vayamos por partes. Lo de la fundación es bastante trabajo, lo sabes, ¿no? ¿A quién pones al frente? ¿A Ramiro? ¿A Jairo? Ninguno de los dos haría mucho por el proyecto… Por mucho que quieras ahora la fundación para limpiar tu imagen, tiene que funcionar realmente para que de verdad lo haga.

—He pensado que podemos poner a esa chica que ha entrado nueva, a Beatriz. Parece bastante seria, ¿no? Y ha mostrado que sabe lidiar con los obstáculos…

Humberto asiente.

—No es mala idea, Arturo. Estoy seguro de que Beatriz va a asumir ese reto. Me parece la persona perfecta.

—Por favor, Humberto, regresad cuanto antes a Galicia. Tenemos muchas cosas que arreglar en Rodraprex.

# 51

## Maite

### Beatriz

*Nueve meses después*

Beatriz está realmente ilusionada con su nuevo puesto al frente del proyecto tan querido de Mónica. Ha cumplido un sueño, y Marga, su madre, le está dando, como siempre, muy buenos consejos. Mónica dejó desde luego un trabajo bien hecho. La fundación le está permitiendo ver otra cara de su jefa que nunca pudo ver. Le hubiese gustado conocer a esa Mónica que puso los cimientos de la fundación. Cuántas causas hermosas está descubriendo en México. Con cada viaje se enamora un poquito más del país.

No todo está siendo un camino fácil, pero le merece la pena luchar por sacarlo adelante. A veces cree que para Arturo conservar la fundación es como mantener a Mónica viva. Quien le está poniendo un montón de piedras en el camino, siempre al acecho de cualquier fallo o de buscar argumentos en contra, es Ramiro. Y Arturo no se lo reprocha, es más, se está haciendo más fuerte de lo que ya era antes de la tragedia. Para Ramiro la fundación es un coladero de pérdidas, no da beneficios inmediatos, no compensa tanto eso de la buena imagen, mejor sería reforzar las rutas comerciales en América Latina y ganar más y bla, bla, bla. Por ahora ella sabe torearlo..., pero ¿hasta cuándo podrá aguantar? Sí, en Europa Ramiro se ha hecho fuerte, muy fuerte. Ha logrado recuperar las pérdidas del día negro y además generar beneficios. No sabe muy bien cómo lo hace, pero lo cierto es que las cuentas ya están de nuevo saneadas.

A veces Beatriz se siente muy sola. Todavía no cuenta con un equipo fuerte que la apoye en su día a día. Eso sí, valoran su trabajo. Allí, en México, su mejor apoyo ha sido Eugenio, que se conoce el territorio como la palma de su mano. Es un buen hombre, cree en la fundación y en las cosas buenas que están generando los proyectos. En Galicia, siempre que pueden, le echan una mano Lupe e Isaac.

Hoy ha tenido un día relativamente tranquilo. Se aproxima la hora del almuerzo. Le apetece acercarse a algún buen restaurante de Santiago que no quede lejos del despacho. De vez en cuando le gusta darse un homenaje.

De pronto, le entra en el móvil una llamada de un número desconocido. No suele contestar a los números que no conoce, pero esta vez, no sabe muy bien por qué, responde. Pone el altavoz.

—Fundación Mónica Rodríguez, dígame.

—Beatriz, Beatriz Lozano, ¿eres tú?

—Sí, con quién hablo.

—Beatriz, soy Maite.

Se queda totalmente en silencio y pregunta desde la cautela:

—¿Qué Maite?

—Maite Mas.

—Siento no haber aparecido antes. Necesito hablar contigo.

Beatriz se plantea dos opciones: colgar elegantemente o hacerle todas las preguntas que le hubiese hecho hace nueve meses. Opta por la segunda opción. Quiere saber más cosas de Mónica y entender qué pasó por su cabeza el día de la tragedia.

—¿Te parece que quedemos a comer en Santiago? Mira, te envío ahora la ubicación del restaurante donde podemos almorzar. ¿En una hora?

—Ahí estaré.

Maite y Beatriz han tomado asiento en una mesa de un buen restaurante. Frente a frente. Beatriz ha propuesto que, antes de pedir el menú, tomen un aperitivo. Están bebiendo un buen vino y disfrutando de unas deliciosas vieiras. Maite sonríe. Beatriz no se la esperaba así. Tiene buena energía, parece buena gente.

—Te debemos muchas explicaciones, Beatriz. Y tu magnífica gestión de la fundación y el trabajo excelente que estás realizando nos han hecho dar el paso.

—¿Me debéis? No entiendo muy bien a quién te refieres.

Maite suspira.

—Es una larga historia. Te debemos una explicación Mónica y yo.

—¿Mónica?

—Permíteme que te cuente. Lo que voy a decirte no puede salir de aquí. Confiamos plenamente en ti.

Maite da un sorbo de vino y comienza su relato.

—Aquel día varios asuntos estuvieron a punto de echar a perder el plan. Lo habíamos preparado durante tanto tiempo..., y pareció que en unos segundos todo se nos escapaba de las manos.

Beatriz tose, asombrada. No está segura de si quiere seguir escuchando... Se da cuenta de que ella siempre quiere saber.

—Todo estaba perfectamente milimetrado, preparado a la perfección. Mónica y yo habíamos tenido muchísimo cuidado en cada paso. E Ignacio estaba totalmente entregado al plan, nos había facilitado además los contactos necesarios. Sin él muchas cosas nos hubiesen sido más difíciles…

—Espera, espera, ¿Ignacio?

Maite le coge la mano.

—Déjame contarte.

—Está bien, pero comprende que todo esto es muy fuerte para mí.

—Lo habíamos preparado para que fuese un secuestro limpio y desaparecer sin problemas. Pero ¿quién nos iba a decir que el jaleo de lo de Polonia iba a estallar más pronto de lo que esperábamos? Lo teníamos preparado para que fuese justo después del secuestro. Pero no contamos con lo de los camiones en la frontera y ni mucho menos con que Ramiro convocase esa reunión urgente y empezase a meter las narices. Obviamente los de Bruselas se mosquearon y quisieron adelantar la sesión de control. Luego, para colmo, Mónica se había ocupado de mantener lejos a Humberto, pero no sirvió para nada, e Ignacio quería que no estuviese su viejo compañero de vuelo, pero no contaba con que no le dejarían elegir al copiloto…

—¿Y yo?

—Nadie iba a tocarte un pelo. Ni a María… Y lo de Dámaso no tenía que haber ocurrido.

Beatriz suspira. Dámaso se recuperó pronto. Sufrió un traumatismo craneal por el golpe, pero gracias a su juventud y sus ganas no le pasó factura. Ya lleva unos meses atendiendo los vuelos del nuevo jet, junto con María.

—Maite, explotaron el avión con nosotros a apenas unos metros de distancia.

—Formaba parte del *teatro*. Era imposible que os hubiese pasado algo…

—Claro, como a Dámaso, ¿verdad?

Maite baja la cabeza.

—Tienes razón.

—¡Y Humberto podría haber muerto quemado en esa cabaña si no llegamos a acudir Javier y yo!

—Esa habitación no hubiese ardido, era casi un búnker aislado. Pero todavía queda hasta que lleguemos ahí... Muy bueno lo de la tablet, Beatriz. No contamos con que alguien escondiera un dispositivo; por eso Mónica no apagó su móvil... hasta que se le acabó la batería. Teníamos que estar continuamente en contacto...

Beatriz asiente.

—Podría haber pasado algo grave, Maite...

—Pero no fue así, Beatriz. ¿Me dejas continuar?

—Perdona, sí.

—Mónica quería desaparecer, dejarlo todo, huir de Rodraprex, de su padre, de Ramiro, de Jairo, de todas las desilusiones, de su vida de cartón piedra, de esa sensación de ser un títere, de no controlar su destino... Lo de la fundación fue un golpe duro para ella, Beatriz. Hacía tiempo que no la veía tan ilusionada. Después de las muertes de su madre y su hermano, era la primera vez que estaba tan volcada en algo. Pero ver cómo todos la dejaban sola, su propio padre y su marido... Y, claro, Ramiro, como siempre, metiendo mierda. Esto terminó de desanimarla. No sabes lo que disfrutamos en México. La cantidad de proyectos que propusimos. Lo enamorada que estaba Mónica de la cultura indígena, de su ropa, de sus telas...

—Muchos de esos proyectos están ya en marcha, Maite —apunta Beatriz, orgullosa.

—Lo sabemos.

Maite pide que le llenen de nuevo la copa. El camarero se acerca solícito. Y ella vuelve a beber con gusto.

—También ayudó algo que Mónica no se esperaba que le ocurriese. Ignacio y ella se enamoraron perdidamente. Solo lo sabía yo. Vivían su historia siempre que volaban a México. Ignacio era otro enamorado del país y le encantó todo lo relacionado con la fundación. Acompañó a Mónica en su frustración y ella le implicó desde el principio en el plan. Ella llevaba tiempo diciéndome que quería desaparecer, que tenía miedo a estallar un día y no poder controlarse y que tenía que hacerlo de manera drástica para que su padre la dejara en paz para siempre..., pero no ponía una fecha definitiva. Yo le dije que estaría con ella hasta el final. Empezamos a organizar el plan, porque todo tenía que estar bien atado en cuanto se decidiera..., y aun así, cuando llegó el momento, ya ves que surgieron imprevistos de todo tipo.

»Para que yo pudiese ayudarla al cien por cien, organizar la logística y llevar a cabo todas las llamadas, los pagos y las acciones pertinentes era mejor que me fuese de la empresa. Lo teníamos todo planificado, solo hacía falta que Mónica decidiese el momento y empezar a mover las fichas. Todo se aceleró cuando tuvo una noticia inesperada: estaba embarazada de Ignacio. Nunca había tenido ni una falta con Jairo..., pero sí con él, con su amante. Entonces supo que aquello había sido una llamada. No iba a permitir que su hijo naciese en un entorno tan tóxico y con un abuelo que le ataría, como a todos, a Rodraprex. No quería que sufriese como su hermano Alejandro. Aquello fue lo que le hizo fijar la fecha y poner en marcha todo el plan.

Beatriz escucha con atención, totalmente entregada a la historia; a ratos duda de que sea verdad lo que le está contando Maite.

—El plan era conseguir fondos de la empresa de su padre para poder empezar de cero en otro lugar. Lo del secuestro se le ocurrió a Ignacio. Él podía contactar con unos mercenarios, a los que conocía de su pasado militar, para que simulasen un secuestro lo más real posible. De esta manera, Mónica no solo podía desaparecer limpiamente, sino que también podían pedir un rescate millonario a Arturo. No obstante, montar tal operación era caro y por eso Mónica se metió en el sistema y modificó documentos, órdenes y albaranes de una de las rutas comerciales para que la empresa pagase un material que nunca iba a entregarse. Con el dinero del rescate se pagó la operación, y no fueron pocas cosas las que hubo que gestionar, organizar y, claro, pagar.

—Así que ¿Mónica vive, ha conseguido empezar de cero? Entonces ¿de quiénes son los restos que encontraron los de la científica? ¿Qué pasará cuando todo se revele?

Maite sonríe.

—El plan todavía continúa en marcha, Beatriz. Algo que nos gusta mucho de ti es que, a pesar de que trabajas en la jungla empresarial, sigues manteniendo un espíritu inocente, que para la fundación ha sido crucial. Beatriz, el dinero lo puede todo o lo maquilla... Con dinero se consiguen contactos en todos los sitios... Todos los posibles escenarios que pueden darse los tenemos en cuenta.

»Lo hicimos todo de tal manera que es casi imposible rastrear el dinero de la transferencia. Y luego lo de Polonia nos daba un poco igual si se descubría que ella era la que había entrado en el sistema, porque una vez muerta poco se iba a poder hacer. Además estábamos seguros de que Arturo iba a tapar como fuese cualquier cosa que manchase el honor de su familia. Él hará lo imposible por que la policía no meta sus narices en asuntos tan íntimos de su familia y de su empresa.

—Pues estoy casi segura de que a Arturo no se le ha pasado por la cabeza que su hija es la responsable. Creo que llevan tiempo con la hipótesis de que fue un hackeo... Efectivamente, Arturo no está muy interesado en que se indague mucho en ese asunto.

Maite se ríe.

—No sé cómo habrá podido controlar a Ramiro. Este tiene que estar bastante rabioso por no poder manchar el buen nombre de la difunta hija del dueño... Mónica está muy sorprendida, pero piensa que, por primera vez en su vida, Jairo la está cubriendo. Él tiene que sospechar que Mónica tuvo algo que ver con todo lo de Polonia. Aunque creo que ella se equivocó respecto a su marido, él siempre la quiso…

Beatriz la mira curiosa.

—Pero todavía no me has contado lo de los restos humanos en la cabaña…

—Pensamos que sería más fácil para ellos empezar de cero y construirse una identidad nueva si se difundía la posibilidad casi absoluta de que estaban muertos. Durante los preparativos, fueron los mercenarios quienes nos dieron la macabra idea y cómo llevarla a cabo. Como te digo, con dinero todo es posible, así que compramos dos cadáveres del depósito. Hay personas que mueren muy solas y que nadie reclama sus cuerpos, sobre todo gente sin hogar. Buscamos dos de complexión y edad parecidas a las de Mónica e Ignacio. Los transportaban en una de las furgonetas. Lo de llevarse a Humberto fue un cambio de plan de última hora, habría más verosimilitud si además alguien escuchaba los disparos. Solo hubo que escenificar y disimular un poco más en el coche… Cuando logren identificar los cuerpos y se confirme que no son los de Mónica e Ignacio, se dirá que están vivos y empezará otra búsqueda. La hipótesis que quedará es que los cuerpos pertenecen a miembros del equipo de secuestradores y que, tal vez, hubo desavenencias.

Beatriz no puede creer todo lo que está escuchando.

—Sin embargo, sigo un poco confusa. ¿Por qué me estás contando todo esto a mí?

—Porque confiamos en ti y sabemos que vas a estar de nuestra parte. Mónica quería largarse de la empresa, pero también dejar su huella. Por otra parte, no soporta que su padre siga teniendo a Ramiro de mano derecha, más bien no lo entiende. Teme que Ramiro puede no solo traicionarle, sino dejarle fuera de la empresa que tanto ama. El modelo de empresa que quiere Ramiro no es al que aspiraba Mónica. Y cree que su padre tampoco, pero… No quiere darle el gusto a Ramiro, no desea que Rodraprex acabe en sus manos. Y para eso es fundamental el buen funcionamiento de la fundación, la huella que siempre ha querido dejar, y que empiece a entrar en la empresa gente como tú. Es importante que tú te conviertas en una opción totalmente real para ocupar el cargo de Mónica y que Ramiro no pueda salirse con la suya. El plan sigue, ya ves.

»Como sabes, Mónica no había dejado que muriese la fundación. Para eso desvió fondos de los presupuestos de México, pero para una buena causa, para que no muriese el proyecto. Lo quería vivo. No sabíamos si cuando desapareciese podríamos hacer que renaciese de alguna manera, pero lo intentaríamos. Jugamos a una sola carta, pensamos que, con el vídeo donde Mónica denunciaba la situación de las filiales, su padre reaccionaría. No nos equivocamos. Lo que no nos esperábamos es que Arturo te pusiese a ti al frente del proyecto...

»Aunque Mónica lo ha pensado bien y no le extraña esa decisión. Cuando te contrató, dijo que había tenido una buena vibración contigo. No pudo evitar el impulso. En un principio, iba a contratar a una pobre chica sin experiencia, que fuese más un estorbo o un adorno que otra cosa, que no metiese las narices en nada ni se enterara de qué iba la cosa... Pero te entrevistó y pensó que a su padre no le vendría mal recordar esos tiempos en los que él tenía olfato para localizar gente tan válida como tú... Digamos que contigo quiso dejarle una buena empleada. Y que recordase lo válida que es la gente como tú, Silvia, Jairo, Isaac, Lupe, Miguel, Eugenio... Personal trabajador y comprometido con la empresa, enamorados de sus trabajos y capaces de que todo salga adelante.

»Lo que has hecho estos nueve meses con la fundación nos ha animado a dar el paso. Mónica está segura de que quiere perpetuar esa huella.

—Me alegra lo que me estás diciendo. —Beatriz aprecia que se esté viendo el fruto de su trabajo—. Estoy luchando duro, Maite. Creo que los proyectos de la fundación pueden extenderse a todos los países de América Latina donde está presente Rodraprex. Es más, puede ser la puerta de entrada para la empresa. Empezar con la fundación y luego con filiales de Rodraprex, con todas las garantías y buenas prácticas. Llevo estos dos últimos meses recorriendo Colombia, empapándome también de la cultura indígena, de sus ropas, colores y demás, y proyectando nuevos modelos de actuación para ampliar la fundación.

Maite asiente.

—Lo sabemos. Queremos no solo que sigas al frente, sino que tenemos claro que no dejaremos que Ramiro se salga con la suya y trate de quitarte de en medio ni hacerse con todo el poder de Rodraprex. Queremos darte toda la ayuda del mundo desde las sombras, ¿permites que estemos ahí?

Beatriz levanta su copa y brindan. Por supuesto que va a permitir que estén ahí. Sabía que no se equivocaba con Mónica y con esa sensación de conexión que tuvo los primeros días de trabajo con ella. Estos nueve meses en la fundación la han hecho no solo enamorarse de su puesto, sino darse cuenta de que la fundación es un proyecto empresarial y social por el que merece la pena luchar.

# Epílogo

# Huellas

## Arturo

Rodraprex sigue en marcha. Otra crisis superada. Arturo continúa apagando fuegos todos los días. Es el emperador de su imperio. Se está haciendo mayor, pero aguanta al pie del cañón. Él lo controla todo. Tiene la información. Lo difícil es mantener el equilibrio. A veces, en la soledad de su dormitorio, se da cuenta de que está solo, de que ya no le queda nadie realmente importante en su vida. Solo tiene a Humberto. Desde la tragedia su amigo le aconseja que se vaya retirando, que se tome un respiro, que piense en él, que se cuide, pero si lo hace ¿qué le queda? Él construyó ese imperio para su mujer y sus hijos. Ya no están. No, además no se cansará de buscar la verdad por todos los cauces posibles. Tiene que saber qué fue lo que ocurrió. Los investigadores hacen su trabajo a su ritmo, pero él quiere respuestas… Y que se investigue hasta donde él ponga los límites. El nombre de Rodraprex y el de su familia deben quedar siempre intactos. En breve se sabrá si esos cuerpos son los de Mónica e Ignacio, pero él tiene la corazonada de que no lo son. Necesita saber que no son sus cuerpos. Necesita creerlo. Sí, su hija sigue viva y sus vidas volverán a cruzarse. Él no ha creado todo un imperio textil para que no tenga sucesión. La encontrará, está seguro de ello.

## Ramiro

Ramiro continúa en el carro de Rodraprex, pero, como se temía, Mónica ha salido reforzada en la empresa, aunque esté muerta. Se quita el sombrero. Jaque mate. Pero le quedan muchas incógnitas por resolver. Hay demasiados interrogantes del día de la gran crisis. Arturo le dijo que no quería que indagase más en lo de Polonia. El perro viejo no desea mover el avispero. Pero él seguirá acechando en las sombras, esperando el momento adecuado en el que hincar el diente y arrebatar el trono a Arturo de la manera más limpia. Ahora va a por él. De momento, se está haciendo con Europa, sabe cómo moverse y cómo estrechar alianzas. Ha saneado las cuentas y eso le ha dado muchos puntos. Lo que más le molesta es que Mónica ha muerto pero está más presente que nunca, y eso le fastidia muchísimo. La fundación lleva nueve meses en marcha y tiene que reconocer que la nueva, la tal Beatriz, no lo está haciendo nada mal. No ha podido tampoco tirar del hilo de México porque Arturo quiso salvar la imagen de la empresa a través del legado de su hija... Pero hará todo lo que esté en su mano para que ese proyecto sucumba, lo que él quiere que prospere son las rutas comerciales de América Latina, eso sí que puede dar más beneficios a la empresa a corto plazo. Ya meterá la pata esa chica o él hará que la meta, y él estará ahí para cerrar las puertas de la fundación para siempre. El trono está cerca.

## Humberto

Para Humberto el día del secuestro fue un antes y un después en su vida. Le hizo replantearse todo. Mira hacia atrás y no le gusta lo que ve. Rodraprex le ha robado el tiempo. Tiempo para estar con su mujer, con sus hijos, con sus nietos... Tiempo para disfrutar de las pequeñas pasiones. Y por la empresa, por su crecimiento y por los beneficios, han hecho muchas cosas que no están bien: se han llevado a gente por el camino, han sorteado la ley y han estado casi al límite de lo ilegal, han mirado hacia otro lado... Sabe que ahora tiene que estar junto a Arturo, que no lo está pasando bien..., pero también se está replanteando esa amistad. A su amigo le han podido el poder, el egoísmo y su cabezonería. Le ha admirado y querido, pero ahora es consciente de que los dos se han equivocado mucho en la vida. Quizá puedan reparar viejas heridas, quizá Rodraprex pueda seguir en pie y demostrar que un imperio no tiene por qué esconder lodo. Ojalá esta tragedia haya servido para algo.

## Javier

De momento le viene bien ese trabajo en el jet privado de Rodraprex, pero ya le ha dicho a Arturo que su ambición es pilotar en una línea comercial. No le interesa ser toda la vida piloto y guardaespaldas. Este se mostró un poco contrariado cuando habló con él, pero ha recapacitado y le ha dicho que su padre seguro que desearía ver a su hijo volando donde él quisiese. A Javier le gusta demasiado la vida para estar tan atado a una compañía ejecutiva y al amigo de su padre. Por ahora, no obstante, está aprendiendo y lo pasa bien con María y Dámaso. Pero sobre todo con Beatriz. Le encanta cuando tiene que hacer vuelos con ella. Se divierten juntos. Se están haciendo buenos amigos. El día de la tragedia los unió mucho. Le gustaría ir conociéndola más y que no hubiese secretos entre ellos. Lo cierto es que hubo muchas cosas en ese vuelo que nunca entendió. Siempre que analiza el comportamiento de Ignacio encuentra piezas que no le cuadran. Un hombre tan profesional, tan válido... Qué duro fue acompañar a Arturo a dar la noticia de su muerte a Cristina, su esposa. No olvidará nunca su mirada. ¿Alguna vez darán con lo que les pasó realmente a Mónica y a Ignacio? ¿Qué ocurrió en ese vuelo? Han pasado nueve meses, pero se lo sigue preguntando.

## Jairo

Jairo no se la quita de la cabeza. Mónica nunca lo quiso. Él la amó, pero sin duda fracasó. Ella nunca confió en él. Nunca pensó en formar una familia con él... No sabe si Arturo le sigue la corriente con lo de Polonia y sabe más de lo que demuestra, pero lo que está claro es que de su boca no saldrá nada contra Mónica. Está esperando a que por fin confirmen que es su cuerpo para poder hacer el duelo de manera definitiva. Arturo no va a parar hasta encontrar una explicación a lo que pasó el día de la tragedia. Él, todas las noches en la soledad de la cama, piensa que se merece una explicación, que se merece una conversación que nunca podrá tener. Que se merece cerrar bien esa historia. En estos últimos meses lo único que le anima cada mañana a ir a trabajar son sus charlas con Silvia, de Logística. Se siente bien hablando con ella. Ojalá hubiese podido experimentar algo similar con su mujer.

## Mónica

La luz entra por la ventana. «Un nuevo día y tengo la sensación de que soy dueña de mi destino». Mónica está en la cama y, a su lado, Ignacio duerme, tranquilo. Alejandro acaba de despertarse, su bebé de apenas unas semanas de vida hace los primeros sonidos del día. Mónica sonríe. No se cree aún que despertarse así sea lo que más feliz la hace. ¿Quién se lo iba a decir hace no tanto tiempo? El plan ha salido perfecto, solo que aún no ha terminado. Quedan muchas cosas por hacer. Y, ahora que está lejos de él, se da cuenta de que echa de menos a su padre. No han sabido quererse. No le desea ningún mal, solo que abra los ojos, que tenga tiempo de cambiar y de apreciar a aquellos que siempre le quisieron. No descarta, cuando todo se haya calmado, anunciarle que sigue viva y que no ha abandonado Rodraprex, solo que ahora está haciendo las cosas a su manera… Sí, el plan está muy vivo.

# Agradecimientos

En primer lugar, nada de esto habría sido posible si mi madre no me hubiese enseñado el valor de un libro. De manera –¿inconsciente quizá?— me generó una necesidad. Desde que era pequeño la recuerdo con un libro entre las manos en su tiempo libre. Se sumergía en él y se evadía de todo (y de todos, incluyéndome a mí). Sin pretenderlo ella, creció en mí la curiosidad por entender qué encontraba en aquellas páginas. «Un momento —me decía—, que me quedan tres páginas para terminar el capítulo», y yo contestaba: «¿Tantas? Si eso me has dicho hace diez…». Los libros la atrapaban por completo, y yo sentía celos de que aquel objeto rectangular me arrebatara tiempo con ella.

Gracias, mamá, por no hacerme ni caso, de verdad. Me animaste a ser creativo, a inventarme juegos y a fantasear con relatos de dudosa credibilidad, hasta llegar a este, que de alguna manera recupera historias reales que he tenido la oportunidad de conocer de primera mano. Gracias a los testimonios de personas que han atravesado situaciones parecidas, como vivir en lugares donde se sentían atrapadas, o con trabajos o familias donde se sentían presas, al margen del dinero que hubiera de por medio, he construido esta historia, a la que me he tomado la libertad de añadir algo de dramatismo y acción, como ese secuestro en pleno vuelo. A lo largo del proceso mi gran referente ha sido John Grisham, quien con *El informe pelícano* ya me cautivó, aun siendo pequeño. Ya no lo era tanto como para creerme que a mi madre le faltaban solo tres páginas del capítulo. Luego me prestó su libro, y después vinieron muchos más. Me apuntó a Círculo de Lectores y avivó mis ganas de descubrir el mundo a través de los libros. Gracias, mamá. Con el tiempo todo lo que has hecho o has dejado de hacer por mí cobra más sentido en mi vida. No solo me la has dado, sino que haces que cada día la valore más. No te enfades por lo de las tres páginas.

A mi abuelo Antonio Acevedo, exigente como el que más a la hora de qué libro regalarle por su santo o por fechas señaladas para acertar a satisfacer su pasión lectora, reflejada en los libros de todo tipo de lomos y tapas duras que cubrían las grandes estanterías en un salón no muy grande precisamente. Mi primera biblioteca. Él disfrutaba leyendo y a mí me hacía feliz verlo así. Luego me contaba el libro y me enseñaba. Ver a mi madre estresada por decidir cuál iba a comprarle hasta tenía su punto. Recuerdo la expectación en el momento que lo abría y, mirando la portada, decía: «Anda, muy bien, sí, señor», mientras daba una calada a su habanito, reservado para esos días de celebración. Era sorprendente cada vez. Desde donde estés, espero que puedas apreciar que este libro es en gran parte gracias a esa manera tuya de entender la literatura, que te echo de menos y aún sueño que estás vivo y hablamos de cosas. Lo que fuera, eso era lo de menos. El héroe de mi madre y, con su permiso, también el mío. Además, quizá mi pasión por los aviones se deba a que él y Toñi vivían en Cuatro Vientos. Asomado al balcón de su sexta planta que daba a las instalaciones del aeródromo madrileño, yo veía cómo los helicópteros empezaban a mover sus hélices rugiendo como si estuvieran dentro del salón.

A toda la familia de mi padre, Paquito. No he tenido la suerte de disfrutar de su vitalidad, pero os he tenido a vosotros. Llalla, tus ojos me hacen volar sin alas, tu sonrisa es la turbina que me impulsa.

A Maridel, gracias por tu *carisma* Acevedo, por regalarme libros y posiblemente por ser la primera, y espero que no la única, en comprar *Horizonte artificial*. Desde que te lo dije se te iluminó la cara.

Y gracias a la Tata, que te fuiste el año pasado. La primera vez que me puse a los mandos de la Cessna y surqué el cielo con la avioneta solo podía ver tu cara de felicidad. Aunque te daba miedo que lo hiciera, sé que te alegras de todo lo que me propongo. Me encantaría leerte este libro en voz alta, porque, aunque no leías mucho, te gustaba que yo te leyera. Gracias por darme fuerza y valor, y por transmitirme la importancia del trabajo. Eres la persona más dedicada a ninguna empresa que haya conocido jamás, y no por lo que se hiciera, sino por el valor que dabas a las personas. Tu lealtad era casi más grande que tu corazón. Te echo tanto de menos que ni siquiera sabía que se podía añorar así a una persona. Gracias por bailarle a la vida.

Voy con la parte más técnica, pero no por ello menos importante para mí.

Gracias a mi academia de vuelo, a la que me apunté para documentarme en las clases de teoría y, ya de paso, si aprobaba, volar de verdad un avión yo solo: la gran European Flyers, otra empresa familiar (esta de verdad) con más de treinta años de experiencia a sus espaldas. Sus instructores han sido pura amabilidad conmigo, con mención especial a Víctor, gran profesor y mi confidente para la novela. Sin tus chascarrillos, la teoría no sería tan entretenida. Gracias por transmitirnos tu pasión y tu conocimiento de la manera en la que lo haces. Tú también cambiaste tu vida por volar, y lo haces con la de los demás.

A mis compañeros de estudio que son «más actores que yo», como bien dice el nombre de nuestro grupo de WhatsApp: Juanjo, Javier y Álvaro. Sois unos cracks de los apuntes y consejos para los exámenes que, juntos, íbamos aprobando. Ahora mismo deben de estar volando algún superavión, porque estudian y aprueban con la rapidez de un Eurofighter.

A Juan, en Cuatro Vientos, que te recibe siempre con una sonrisa, y a Luis, Jonathan y Javier, en Alicante, por facilitarme, junto con Ana, las horas de vuelo programadas teniendo en cuenta mis planes de rodaje. Grande esa Cessna 172 diésel.

Durante el año en que escribí *Horizonte artificial* grabé tres series diferentes, y me perdí planes con mis compañeras de *Valeria*, con mis compañeros de batalla náutica para salir de la isla de *Punto Nemo* en Madeira y Galicia, y con mis compañeros de *Matices*, en Zamora y Salamanca; gracias por entender que, incluso estando en el mismo hotel, no pasara más tiempo con ellos para dedicárselo a la escritura. No es nada personal, ellos ya lo saben, solo que yo tenía a mis propios personajes vivos y con sed de despegar.

A mis amigos del cole por estar siempre ahí: Javito, Tato, Caste, Luisito, Don Pelu, Velas, Miguelito, Cris y Pat. Y los que no son del cole, pero con muchos cursos juntos ya: Ángela, Cris y Ele, Mocca, Handler, Tita, Pepa, Garrido, Josito, Fiore, Truji, Nano, Dani... Y, al otro lado del charco, a mi compadre Aníbal.

Gracias a Arancha de Mir y a su chico, David, por informarme sobre la parte financiera de la historia.

Al comandante Javier Barkala (nuestro Javi Piloto), por su nobleza y ayuda al ponerme en contacto, junto con Juan Bengo, con el encargado de supervisar la parte aérea de esta historia, Ángel Gálvez, siempre dispuesto a echarme una mano incluso trabajando, como apasionado y profesional del aire que es. Gracias, Ángel, por hacerme sentir desde el primer minuto como uno más, como si hubiéramos compartido destino y volado juntos muchos años. Por tu tranquilidad, consideración y control que emanas. Esa capacidad y gestión bien se merecen un libro.

A todos los comandantes, como mi amigo Javier Artime, y a las tripulaciones con los que he compartido vuelos y conversaciones en cabina y que, desde el transportín detrás de sus puestos de mando, me han dejado presenciar las aproximaciones y los despegues de los «pájaros» más grandes que existen en largos trayectos y con los que he compartido un café en la zona de catering de los 343, 321, 737 y 757. Gracias por dejar que me colara en vuestras conversaciones, preocupaciones y anécdotas, pues me han ayudado a dar a mis personajes toda la veracidad posible, esa al menos era mi intención. Gracias a todas esas personas que, de manera pública o privada, brindan esos servicios, por su disposición y entrega.

A la Guardia Civil y a la Policía Nacional de aeropuertos como Xerez y Santiago de Compostela.

A aquellas personas que trabajan en empresas del sector textil y, sin contarme nada de su funcionamiento y sus entresijos, han rociado con gasolina mi imaginación. Curiosamente, y para que sirva para eximirles de cualquier parecido que haya en alguna realidad paralela, en más de una ocasión he escuchado una historia similar a una idea que yo había inventado en mi cabeza y a la que había dado forma hasta plasmarla sobre el papel. No lo sabían, pero me hacían sentir que no iba por mal camino. Siempre he pensado que hay muchas cosas en la vida que son sota, caballo y rey, y, si te da por escribir sobre sotas, acaba apareciendo alguna de las cuatro que hay en la baraja, porque, aunque los seres humanos somos especiales, las cosas se repiten y suceden una y otra vez de manera muy parecida.

A Ruth y Rafa, por estar a mi lado en mi carrera como actor y no dejar la verdadera oficina desatendida.

Quizá la escritura de este libro haya sido el proyecto en el que más soledad he sentido durante todo el proceso, acostumbrado como estoy a confrontar diálogos y escenas con mis compañeros y directores en la actuación. En este caso, no ha sido por falta de voluntarios para ayudarme o aclarar mis dudas, porque Ana Lozano y Gonzalo Albert, de Roca, han estado para mí en todo momento. Desde el principio, cuando les conté de qué iba mi historia, me dieron verdaderas alas y no me soltaron nunca, incluso en la distancia, en mi propio vuelo. Gracias por entender mis tiempos y mi cabezonería de no querer entregar hasta tener mucho avanzado. Este era un terreno totalmente desconocido para mí; si hay una próxima novela, ya os he prometido que no será así. Sin vosotros y vuestro equipo, Mónica Rodríguez aún seguiría en ese avión esperando a que los comandos malvados la hicieran aterrizar, o quizá la explosión se produjera antes de tiempo o después... Gracias.

Gracias, Elísabet Benavent, por ponerme en contacto con Gonzalo y decirme que era la persona. De verdad que lo ha sido.

Por algún extraño motivo, la vida te da oportunidades. Yo elijo fiarme y estirar el chicle, porque un periodo de prueba se puede convertir en mucho más si se quiere y hay empeño. Gracias, no por la IA, sino por la otra inteligencia, la del corazón. *Ti voglio bene,* por las noches de espera, los viajes y las palabras sinceras.

Y a vosotras y vosotros, los que seguís aquí aún después de que ya haya contado la historia, que me habéis elegido de entre todas las opciones que hay para pasar el rato, gracias por querer saber más, leer y volar. Hacéis que quiera ser lo max, mi yo más pequeño, mi niño curioso y travieso con ganas de jugar y entretener(se).

GRACIAS.